JEAN-MICHEL BARRAULT

centre de
Anne-Marie
verdisenne
du 31.6.97
centre cult.
d- Ferron

LE PARCOURS
DU PREMIER ROMAN

XYZ
éditeur

Pour le Canada et les États-Unis :
© XYZ Éditeur, 1993.
C.P. 5247, succursale C
Montréal (Québec)
H2X 3M4

Les livres des éditions XYZ sont distribués par :
Socadis
350, boulevard Lebeau, Ville Saint-Laurent (Québec),
H4N, 1W6
Tél. (jour) : 514 331 33 00 ; (soir) : 514 331 31 97
Lignes extérieures : 1 800 361 28 47
Télécopieur : 514 745 32 82. Télex : 05-826568

Pour tout autre pays :
© Éditions du Félin
10, rue La Vacquerie, 75011 Paris
ISBN : 2-89261-082-6

L'auteur ayant été publié par plusieurs éditeurs, toute ressemblance ne serait, à l'évidence, que le fruit du hasard.

1

La fin du commencement

F IN.
En caractères majuscules, s'inscrivent, au bas de la page trois cent cinquante-deux, les trois lettres : F, I, N.

Le jeune homme adresse à la feuille un sourire satisfait : il en a terminé.

Étienne Caradet redresse son dos aux reins douloureux, masse ses doigts. Face au miroir, il scrute un visage tout juste sorti de l'adolescence. Il néglige les boutons d'acné, observe ses yeux cernés, sa tignasse dépeignée, ses joues amaigries, admire les traits de l'écrivain qu'il est désormais : il a écrit un roman, son premier roman. Le visage qu'il regarde dans la glace sera bientôt photographié, figurera sur la couverture d'un livre, apparaîtra dans les journaux et les magazines. Il sera convié à participer aux émissions littéraires, il passera à la télévision, parlera à la radio.

Plus important que tout : il a écrit un roman.

À l'aube d'une ultime nuit de travail, tandis que, pour colorer la scène d'un cliché matinal, s'égosille le premier coq, vous êtes en droit, Étienne Caradet, d'être fier de vous. Vous êtes parvenu au terme d'un parcours long, aventureux, parsemé de doutes et de déceptions. Souvenez-vous. Des années durant, vous avez porté en vous le sujet de ce roman. L'idée avait germé, grandi. Elle accompagnait vos errances le long des quais du Rhône, vos promenades dans les forêts du Massif central. Les personnages prenaient vie, avec leurs silhouettes, leurs caractères, leurs noms, leurs voix. Vous conversiez avec eux. Vous cheminiez en leur compagnie, remuant les lèvres, esquissant des gestes. Vous vous arrêtiez soudain au bord du quai, au milieu du sentier, griffonniez quelques lignes sur un morceau de papier. Vous entassiez ces notes dans un dossier sur lequel figurait, en grosses lettres tracées au crayon feutre, le titre que, après beaucoup d'hésitations, vous aviez choisi :

L'ILLUSION

Il semblerait, Caradet, que vous apparteniez à la race des écrivains marcheurs, qui usent autant de chaussures que de rames de papier. Au bout de plusieurs centaines de kilomètres, votre roman était achevé. Ce serait un livre qui bouleverserait ses lecteurs, et plus encore ses lectrices. L'originalité du sujet étonnerait. Les critiques seraient enthousiasmés par la vérité des personnages et la qualité d'une écriture à la fois moderne et classique, fluide et brutale.

Serait. Car, tandis que le dossier éclatait sous l'accumulation des notes, la première page n'était pas encore écrite. Le plan était tracé, du moins dans ses grandes lignes. Chaque personnage figurait sur une fiche. Vous aviez même dessiné leur visage. Mais vous ne vous décidiez pas à jeter sur la page blanche la première phrase, cette fameuse première phrase si importante, qui donne le ton du récit, entraîne le lecteur, l'oblige à poursuivre. Elle trottait dans votre tête, imparfaite encore. Vous alliez commencer. Bientôt. Demain. Les prétextes dilatoires ne manquaient pas : les examens de licence à préparer, un livre à achever de lire, un lendemain de fête qui laissait votre esprit brumeux, une fille devenue votre unique centre d'intérêt...

Vous écriviez cependant : journal intime, nouvelles, poèmes, longues lettres où vous essayiez vos phrases. Mais face au premier paragraphe de L'ILLUSION, vous demeuriez pétrifié de timidité, et la page restait blanche, dans l'attente de la phrase liminaire.

L'une de vos nouvelles avait paru dans une revue locale à prétentions littéraires. Vous aviez vu votre nom imprimé. Vous aviez relu, en caractères Didot corps 12, le texte que vous aviez créé. Vous vous étiez complu à savourer les jolies images que vous aviez imaginées. Vous aviez déploré quelques fautes d'impression, regretté la médiocre qualité du papier. Vous aviez attendu en vain une lettre de lecteur. Sans doute la diffusion de la revue était-elle restreinte. Son mince prestige ne correspondait guère à la hauteur de vos ambitions. Mais du moins aviez-vous été publié.

Enfin, vous avez osé. Les vacances universitaires vous laissaient un long temps disponible. Dans la maison familiale de Brioude, vous vous êtes aménagé un havre de calme, et la petite ville n'offrait guère de motifs à distractions. Sur la table de votre chambre, vous avez disposé la rame de papier blanc, la pile de notes. Vous avez punaisé au mur le plan de votre roman. C'était inutile : l'histoire était là, toute prête dans votre tête. Il ne restait qu'à l'écrire.

Pendant tout l'été, vous avez refusé les baignades et

les pique-niques, les escapades et les soirées, sous prétexte d'un mémoire à préparer pour la fac. Vous n'osiez avouer que vous rédigiez un roman, comme si vous cachiez un vice honteux. Chaque matin, vêtu d'un vieux chandail, vous avez tracé vos phrases, raturé, froissé, déchiré, recommencé. Vous avez appris que votre outil le plus utile était la corbeille à papier. Chaque soir, vous avez recopié proprement le travail du jour, l'avez relu. Vous étiez angoissé, saisi de doute, vidé comme après une épreuve sportive. Personne n'était capable de vous conseiller. Ce que vous faisiez était-il sublime ou banal ? Vous étiez seul, terriblement seul.

Lorsque naissait la lassitude, que le style s'engourdissait, que le mot échappait, vous partiez au hasard des chemins, la tête bruissante de phrases. Vous reveniez, courant presque, porteur de mots qu'il ne fallait pas perdre en route. Vous vous releviez au milieu de la nuit pour noter une expression surgie au creux d'une insomnie.

C'était une entreprise longue, pleine de frustrations. Après deux semaines d'efforts, une trentaine de feuillets noircis ne formaient qu'une pile dérisoire. Vous n'y arriveriez jamais.

Vous vous êtes obstiné. Le tas s'épaississait. Les pages ont succédé aux pages. Vous les comptiez, les soupesiez avec des jouissances d'avare. Au fil des chapitres, l'histoire, portée par sa logique, vous échappait. Un personnage naissait, un autre s'affadissait, et vous, Étienne Caradet, vous écriviez, écriviez, doigts crispés jusqu'à la crampe, fesses meurtries, tempes bourdonnantes.

C'était difficile et décevant. Une ligne après l'autre.

La pensée parfois plus rapide que le mouvement de la plume. Le stylo en suspension. La phrase en panne. Le mot enfui. L'image qui se dérobe. La répétition en quête d'un synonyme. Les verbes dont les temps déraillent au détour d'un paragraphe. Une tâche de coolie besogneux construisant le livre signe après signe. Vous succombiez au découragement. À quoi bon s'obstiner ? C'était mauvais, banal. Les maladresses s'accumulaient. Vous n'en corrigiez une que pour en découvrir une autre. Parfaire votre style, polir vos phrases, éliminer les mots parasites étaient un travail de Sisyphe, jamais achevé. Cent fois, vous avez décidé de renoncer, comme on se suicide. Vous étiez sauvé par de fulgurants bonheurs d'écriture.

Les jours ont succédé aux jours, les mois aux mois. Et voici qu'aujourd'hui le livre est achevé. Vous rêvez : vous allez embarquer sur le tapis roulant de la célébrité et de la fortune, étonner vos proches, séduire les femmes. Vos concitoyens découvriront que le fils de l'instituteur de Brioude est un romancier, l'auteur de L'ILLUSION. Vous échapperez aux austères perspectives d'un professorat sous-payé. Vous serez fêté. Mieux : vous écrirez.

Comment avez-vous attrapé, Étienne Caradet, cette étrange maladie dont le principal symptôme consiste à saisir une feuille de papier et à y aligner des mots ? D'où vous vient cet orgueil qui vous laisse croire que ce que vous avez à dire mérite d'être conservé par écrit et porté à la connaissance de vos contemporains ? transmis aux générations futures ? Avec quelle complaisance ronronnez-vous vos phrases ! Prétentieux et timide, vous concevez dans le silence et le secret. Un mot bien venu suffit à vous faire jouir. Vous créez.

Têtu, grisé, tourmenté, malheureux, exalté, épuisé, fou de bonheur, durant tout l'été vous avez écrit. À l'aurore de ce jour de septembre, après un point ultime, vous avez tracé, en lettres majuscules :

FIN

Vous contemplez dans le miroir votre front d'où sont issues ces merveilles, votre front déjà prêt à recevoir les lauriers de la gloire.

2

Ils crieront leur admiration

MOI, je le trouve formidable, ton roman ! Je suis sûre que tu auras le prix Goncourt.

Chantal Siry clame son enthousiasme : Étienne Caradet l'a mise dans la confidence. Fille du notaire de Brioude, Chantal est depuis l'enfance la complice du jeune homme. Il était impossible de lui cacher qu'il écrivait un roman. Chapitre après chapitre, il lui a fait lire L'ILLUSION. Il a quêté son approbation, épié ses réactions. Parfois, elle a osé une critique, discuté une construction grammaticale ou le choix d'un mot. Il n'a pas toujours tenu compte de ses remarques. Il leur a le plus souvent opposé sa liberté de créateur, son droit à l'audace, aux licences poétiques. Il lui est même arrivé de hausser les épaules et de traiter par le mépris les observations de son amie. L'écrivain, c'est lui.

Chantal n'est pas rancunière : les artistes ont leurs crises de nerfs et leurs états d'âme, c'est normal. Utilisant une machine à traitement de texte de l'étude paternelle, elle a tapé et imprimé, chaque fin de semaine, le chapitre que Caradet venait d'achever. En relisant son roman sous son impeccable présentation, l'auteur était pris de remords, changeait un mot, modifiait une phrase. Chantal n'avait plus qu'à utiliser les facilités de l'électronique pour corriger, imprimer à nouveau.

Enfin, le texte définitif est là, joli parallélépipède de papier, fruit de tant d'heures, de tant d'efforts. La machine à photocopier du notaire a servi à tirer plusieurs exemplaires. Chez le papetier, Étienne Caradet a sélectionné les chemises, les dossiers. Quelle couleur choisir ? Le bleu élégant ? Mais le titre et le nom de l'auteur ne seraient guère lisibles. Le vert de l'espérance ? Le jaune de la chance ? Le rouge qui force l'attention ?

– Qu'importe ! dit Chantal. Dès qu'ils liront ton roman, ils crieront leur admiration !

C'est aussi ce que pense Caradet, mais il n'ose le proclamer. Il est persuadé que son manuscrit sera lu très vite, qu'il ne s'empoussiérera pas sur une étagère, ne sera pas oublié sous une pile. Son maître de conférence à la Faculté, à qui il a parlé de ses ambitions littéraires, lui a révélé que Bréval, un de ses anciens condisciples de la rue d'Ulm, était « quelque chose » aux Éditions Francitare.

À dix reprises, Étienne Caradet a recommencé sa lettre :

Monsieur,

Sur les conseils de Monsieur Roger Feutrine, dont je suis l'élève à la Faculté des Lettres de Lyon, je me permets de vous faire parvenir le manuscrit de « L'ILLUSION », roman que je viens de terminer et dont je suis l'auteur.

Votre appréciation de ce texte me sera précieuse et peut-être estimerez-vous ce livre digne d'être proposé à la publication.

Comme vous pouvez l'imaginer, j'attends vos commentaires avec impatience, et vous remercie à l'avance de l'attention que vous pourrez accorder à mon envoi.

Je vous prie d'agréer, Monsieur, l'assurance de mes sentiments les plus distingués.

Étienne Caradet

Quelle erreur, Caradet, que cette missive d'un conventionnel affligeant ! Ce n'est pas ainsi que vous émergerez de la masse des jeunes auteurs en quête de publication. Une notoriété se fabrique. Comment ? En se montrant original, extravagant au besoin, imaginatif sûrement, drôle si possible. En adoptant un pseudonyme tonitruant ou insolite, en prouvant que vous sauriez mobiliser l'attention des médias. Vous auriez pu, par exemple, envoyer un télégramme :

« VOUS FAIS PARVENIR CE JOUR MANUSCRIT ROMAN
L'ILLUSION. »

Faute de réponse dans les quinze jours, vous annonceriez que vous commencez une grève de la faim ; vous déposeriez une bombe dans les locaux de Francitare (dégâts limités mais retentissement assuré) ; menaceriez de vous immoler par le feu devant la porte de la maison d'édition. En convoquant la presse, bien entendu.

En ces temps où la télévision fabrique les célébrités, tout est bon pour sortir de l'anonymat : robe de bure ou gilet en tapisserie, barbe de patriarche ou crâne rasé, réputation sulfureuse ou pédophilie affichée, fréquentation des endroits à la mode, scandale à la télé ou enlèvement simulé. Prenez modèle sur ceux dont une bonne partie du talent consiste à savoir faire parler d'eux.

Mais non ! Pusillanime, vous vous en êtes tenu aux convenances brioudaises.

Une autre préoccupation tourmente Caradet : expédiera-t-il l'original ou une copie ? L'original est plus lisible : son envoi serait faire preuve de politesse, et serait une garantie d'exclusivité. La photocopie laisserait supposer que le roman a été proposé à plusieurs éditeurs et que la concurrence jouera. Puéril machiavélisme, au demeurant inutile, tant il était aisé d'imprimer plusieurs originaux.

Le manuscrit, dans sa grande enveloppe matelassée, a été porté à la poste. Caradet l'a remis à la préposée presque avec réticence, comme s'il lui coûtait de se séparer de son cher enfant. L'ILLUSION a été expédié comme on lance un navire à la mer. Le gros bébé va vivre sa vie. Étienne Caradet se sent désemparé, les mains vides, désœuvré. Le matin, par habitude, il s'assoit devant sa table, sans plus rien à écrire. Il attend.

Deux jours : Bréval doit avoir reçu le manuscrit. Quatre jours : il pourrait déjà l'avoir lu. S'il a cédé à la recommandation de Feutrine. S'il a ouvert le dossier vert (car c'est le vert que Caradet a choisi). S'il a commencé à lire, a été séduit par le ton du roman, entraîné par son rythme. S'il a passé la nuit à dévorer le texte. S'il l'a emporté chez lui pour en prendre connaissance durant le week-end. Il peut envoyer une lettre dès maintenant qui arriverait demain. Après-demain.

Les jours passent, puis les semaines. Le dossier a dû s'égarer. Pourtant, Caradet l'a expédié en envoi recommandé. À moins qu'il ne se soit perdu dans les couloirs des Éditions Francitare ? Tant de manuscrits doivent y circuler ! Peut-être Bréval a-t-il déjà présenté *L'ILLUSION* au comité de lecture, avec son appréciation enthousiaste, et veut-il faire à Caradet la surprise d'une décision favorable ? Dès que les membres du comité de lecture auront lu le roman, l'éditeur écrira, téléphonera, télégraphiera. Avec son imagination de romancier, le petit écrivain échafaude dans sa tête les situations dont il rêve, fait les demandes et les réponses, invente la teneur du message qu'il recevra ce soir, demain :

« DÉSIRONS PUBLIER EXCELLENT ROMAN STOP
FÉLICITATIONS POUR QUALITÉ DE L'ÉCRITURE ET
ORIGINALITÉ DU THÈME STOP PRIÈRE VENIR PARIS POUR
CONDITIONS CONTRAT »

Redescendez sur terre, Caradet. Votre manuscrit n'est que l'un des dix ou vingt que Francitare, comme chaque grand éditeur, reçoit chaque jour. Il n'est pas perdu : il a pris rang. Derrière ceux qui ont été remis en main propre par des écrivains connus, déjà liés par contrat et dont on attendait le texte, toujours en retard ; derrière ceux d'auteurs puissamment recommandés ; à la suite de noms célèbres dans le monde de l'audiovisuel, du show-bizz, de la science ou du sport. Vous, le petit provincial anonyme, dont le nom n'a brillé à aucun firmament, vous qui n'êtes précédé d'aucune rumeur, vous qui ne faites état que d'une médiocre introduction, qu'espériez-vous ? Votre manuscrit est là, sous une grosse pile, sur une étagère du bureau d'un directeur littéraire ou sur la moquette d'un lecteur. Peut-être émergera-t-il à son heure. Ou bien, découragé par la masse, l'éditeur décidera-t-il de

17

retourner tout un lot de manuscrits que personne n'a le temps de lire. À moins que la chance ne veuille que la pile s'effondre, que votre dossier surnage, que le hasard ne fasse qu'un lecteur ouvre la chemise verte sous laquelle sommeille *L'ILLUSION*, parcoure les premières lignes, picore une page ici, une autre là, soit intéressé et décide de reprendre le texte à son début. Plus probablement, *L'ILLUSION* devra attendre son tour, s'il vient jamais.

Au mois d'octobre, à Lyon, Étienne Caradet retrouve la Faculté. Novembre arrive. Ce n'est pas cette année qu'il aura le Goncourt. Ni le Renaudot. Ni le Femina. Ni le Médicis. Ni l'Interallié. L'année prochaine, peut-être ?

Roger Feutrine, à qui Caradet a fait part de son envoi, est beaucoup plus vague qu'au printemps lorsqu'il évoque l'intimité de son amitié avec son condisciple de Normale Sup. Il a pourtant promis d'envoyer un mot à Bréval. L'a-t-il fait ? Bréval a-t-il négligé de répondre ? Feutrine a-t-il reçu l'annonce d'une décision négative qu'il n'ose annoncer à son étudiant ? Caradet préfère ne pas en reparler.

Il s'est imposé un délai de trois mois. Puisque ce Bréval le traite avec indifférence, il a décidé de s'adresser directement aux Éditions Francitare. Rongé d'impatience, incapable de respecter la date qu'il s'était fixée, il écrit :

Le 12 décembre

Messieurs,

Le 29 septembre, je vous ai fait parvenir, en recommandé, le manuscrit d'un roman intitulé « L'ILLUSION » et dont je suis l'auteur. Cet envoi était adressé à l'attention de Monsieur Jean Bréval.

Puis-je me permettre de vous demander si ce manuscrit vous est bien parvenu et si, dans l'affirmative, je puis espérer une prochaine décision ?

Avec mes remerciements anticipés, je vous prie d'agréer, Messieurs, l'assurance de mes sentiments distingués.

Étienne Caradet

Le 20 décembre, Caradet reçoit une enveloppe portant en suscription : ÉDITIONS FRANCITARE. Enfin ! Tremblant d'émotion, le cœur battant, il décachète l'enveloppe qui va sceller son destin. Il déplie le feuillet tout imprimé dont il a suffi de remplir les blancs :

Cher Monsieur,

Nous avons bien reçu en date du 8 octobre un manuscrit dont vous déclarez être l'auteur et intitulé :

L'ILLUSION

Nous l'avons enregistré sous le numéro

10 A 8724

référence que vous voudrez bien rappeler dans toute correspondance.

Cet envoi sera soumis à notre Comité de lecture dont nous vous ferons connaître la décision ultérieurement.

Avec l'assurance de nos meilleurs sentiments.

Il ne faut pourtant pas des mois pour lire trois cent cinquante pages !

3

Paris !

POURQUOI, Étienne Caradet, n'utilisez-vous pas l'oncle Raymond qui est aussi votre parrain ? Certes, vous préféreriez ne devoir votre succès qu'à vous-même, et l'oncle Raymond, qui est dans les affaires, doit tout ignorer des arcanes des milieux littéraires. Il n'a déjà que trop tendance à traiter avec condescendance son frère, demeuré instituteur à Brioude, tandis que lui se hissait jusqu'au fauteuil de directeur général d'une société multinationale. Lorsque, voici deux ans, il est passé par Brioude, il a dit :

— Si je peux faire quelque chose pour l'un des enfants, n'hésitez pas.

Puis sa Mercedes a disparu au coin de la rue tranquille, sous le regard des voisins impressionnés.

Lorsque, chaque année, il vous remercie de vos souhaits de bonne année, en y joignant, soyons juste, un petit chèque, l'oncle Raymond n'oublie jamais de vous féliciter pour le bon déroulement de vos études et de vous prodiguer ses vœux de réussite. N'est-ce pas le moment de recourir aux services du grand homme de la famille ?

Cher oncle Raymond...

Non, Étienne. Souvenez-vous : l'oncle Raymond, qui n'aime pas son prénom et manie des affaires à l'échelle planétaire, se fait désormais appeler Ray et, lors de sa dernière visite, il a précisé :

— Laisse tomber cet « oncle » ridicule. Appelle-moi Ray, tout simplement !

Donc :

Le 5 janvier

Cher Ray,

Je te remercie vivement de tes vœux et de ton envoi, toujours apprécié.

Puis-je solliciter ton aide pour un problème assez particulier ?

Pendant les grandes vacances de l'été dernier, je me suis amusé à écrire un roman que je crois bon : je t'en fais parvenir le manuscrit pour que tu puisses en juger par toi-même.

La difficulté est d'approcher un éditeur et d'obtenir que mon livre soit lu et, s'il en est jugé digne, publié.

Toi qui connais beaucoup de monde et possèdes de nombreux amis, as-tu quelque relation dans les milieux littéraires à laquelle tu pourrais me recommander ?

S'il en était ainsi, ton appui pourrait être fort utile.

Toute la famille se porte bien et joint aux miennes toutes ses affections.

Étienne

                                    Le 5 février

Cher Étienne,

Excuse-moi de ne pas t'avoir répondu plus tôt. J'étais au Brésil où notre groupe crée une filiale et j'ai été très occupé à mon retour. Ta tante a mis à profit mon absence pour faire lire « L'ILLUSION » à une amie, ancien professeur de lettres, qui trouve ton roman agréable et bien écrit, ce dont je te félicite. Je n'ai naturellement pas eu le temps de le lire moi-même mais j'ai eu l'occasion de dîner la semaine dernière avec Pierre Delmond à qui j'ai parlé de toi et qui te recevra volontiers. Le plus simple est que tu viennes passer quelques jours à Paris. Nous pouvons te loger. Dis-nous quelles dates te conviennent et ma secrétaire t'arrangera un rendez-vous.

                                    Affectueusement

                                              Ray

P.S. Ne viens pas entre le 17 et le 23 mars, je serai au Japon.

Pierre Delmond, vous ne l'ignorez pas, est un éditeur qui, sans avoir le prestige de Francitare, publie toutes sortes de livres. Pourquoi pas L'ILLUSION ?

C'est ainsi qu'un soir de février, au premier jour des vacances de Mardi gras, vous débarquez, Étienne Caradet, sur le quai de la gare de Lyon. Vous portez à la main votre sac en faux cuir qui contient, parmi quelques vêtements, le symbole de vos espoirs : deux copies de votre manuscrit. Paris vous attend. Delmond vous attend. Il lira votre roman, l'aimera, le publiera. La critique le saluera. Les lecteurs afflueront. L'ILLUSION figurera en bonne place sur la liste des best-sellers publiée par les hebdomadaires.

                                      23

La tête dans ses rêves, Étienne dérape sur une crotte de chien.

— Tu déjeunes après-demain avec Delmond, annonce l'oncle Ray, tout excité par son rôle de protecteur.

La ruelle est calme. L'immeuble, précédé d'un jardinet, possède un charme vieillot. On se croirait en province. Pourtant, le carrefour de l'Odéon est à quelques pas, la place Saint-Sulpice est à distance d'une dizaine de chapelets, et, le temps de griller une cigarette, on se trouverait à Saint-Germain-des-Prés. Serrant sous votre bras le dossier rouge qui contient votre manuscrit, vous êtes arrivé en avance, et pour tromper votre impatience, vous marchez dans ce village de l'édition. Vous épiez chaque passant, croyant reconnaître un écrivain célèbre.

C'est l'heure, enfin.

— J'ai rendez-vous avec M. Delmond.

L'hôtesse vous fait répéter votre nom. Elle a pour vous un regard que vous trouvez condescendant. Elle n'a pas manqué de remarquer le paquet que vous portez. Dans son regard, vous croyez déceler une lueur ironique, comme si elle pensait : « Encore un ! »

Courage, Caradet. Dans quelques mois, lorsque aura paru L'ILLUSION, que les critiques célébreront votre roman, que vous serez convié aux émissions de télévision, que votre livre paradera dans les vitrines des libraires, l'hôtesse aura pour vous de tout autres yeux. Vous y songez tandis que, assis dans le hall d'entrée, vous tentez de dissimuler votre nervosité en contemplant dans les vitrines les derniers livres parus, dressés debout, et qui vous narguent comme un intrus.

— M. Delmond vous attend.

Vous sursautez.

– Quatrième étage, la porte en face de l'ascenseur.

Elle a un soupir de lassitude tandis qu'une lampe s'allume sur le standard. Elle annonce d'une voix machinale :

– Éditions Delmond, j'écoute.

Vous poussez la porte entrouverte, accueilli par un tonitruant :

– Entrez, entrez !

M. Delmond achève une conversation téléphonique. Étienne Caradet observe à la dérobée l'éditeur qui le reçoit : bel homme, le cheveu grisonnant, la cinquantaine sportive, visage bronzé et silhouette élégante dans le costume de flanelle dont il a ôté la veste. Delmond raccroche l'appareil, invite son visiteur à s'asseoir, s'installe auprès de lui sur un fauteuil bas :

– Votre oncle m'a parlé de vous. Un grand patron, votre oncle. Nous avons des relations très cordiales. Je ne sais pas s'il vous a dit que son groupe contrôle l'une de nos filiales. Ce sont les bizarreries des rachats et des fusions. Mais nous ne sommes pas là pour parler affaires.

D'un geste large, Pierre Delmond embrasse les rayonnages chargés de livres, le canapé affaissé sous des piles d'ouvrages et de manuscrits qui menacent de s'écrouler, la cheminée sur laquelle se dressent des projets de couvertures.

Cordial :

– Ah ! la littérature ! C'est votre passion, m'a dit Ray. La nôtre aussi. Découvrir un nouveau talent, quelle griserie !

En confidence :

– Nous sommes des aventuriers, nous, les éditeurs.

25

Nous passons notre vie à prendre des risques, à jouer gros en pariant sur un auteur, sur un texte.

Préoccupé :

— C'est un métier ingrat, qui ne nourrit pas son homme (ce que démentent ses joues replètes). Les temps sont durs, les gens ne lisent plus.

Paternel :

— Ainsi, vous avez écrit un roman. C'est courageux, parce que le roman, aujourd'hui...

Vous écoutez avec déférence les propos du grand homme qui vous reçoit. La tête vous tourne. L'émotion. La faim aussi. N'était-il pas convenu qu'on déjeunerait ?

Pierre Delmond poursuit, désinvolte :

— Je ne vais pas pouvoir déjeuner avec vous. Nos associés américains viennent de débarquer, sans préavis comme d'habitude. Oui, nous avons créé une filiale aux États-Unis. C'est excellent pour la diffusion de nos livres à l'étranger. Peut-être en serez-vous l'un des heureux bénéficiaires.

Déjà, Caradet, votre imagination bat la campagne, vous vous voyez best-seller en langue anglaise, prix Pulitzer, acheté par Hollywood... L'éditeur sourit, jovial :

— Vous allez déjeuner avec Louis-Philippe Richard, un jeune romancier bourré de talent qui dirige notre nouvelle collection « Radiguet ».

Les yeux dans les yeux d'Étienne, et le saisissant aux épaules, il conclut, chaleureux :

— Peut-être est-ce un nouveau Radiguet que j'ai en face de moi. Soyez tranquille : avec Richard, vous êtes en bonnes mains !

Louis-Philippe Richard compense une taille modeste par des bottines à hauts talons et une chevelure épaisse. Les reins cambrés, le buste droit, il joue avec coquetterie de ses mains aux doigts longs et minces.

Une douzaine de tables couvertes de nappes en lin sous un plafond bas aux poutres apparentes, le bourdonnement des conversations, une semi-pénombre : c'est donc là, dans un décor feutré, que se nourrissent éditeurs et auteurs, que s'ourdissent les complots de la guerre littéraire, que se négocient les contrats, que se préparent les gros tirages ?

— Pierre (on est bien familier, dans l'édition, pense Étienne) m'a parlé de votre projet de roman. Quel en est le sujet ?

Vous tentez, Étienne, de raconter le thème de votre livre. Avec maladresse. Comme si, en quelques phrases, vous pouviez retracer la subtile évolution d'une action qu'il vous a fallu trois cents pages pour développer, évoquer vos personnages avec leurs caractères et leur complexité, rendre les nuances de la psychologie, retrouver les mots justes si minutieusement choisis et assemblés. Vous vous empêtrez, hésitez, rougissez, conscient d'être ridicule.

— Bonjour, Mathias ! Ça va ? Je te présente un jeune romancier que nous allons peut-être éditer : Antoine Caradon...

— Caradet. Étienne Caradet, rectifiez-vous de façon inutile.

Car ni Louis-Philippe ni ce Mathias ne vous écoutent. Chacun ici semble se connaître, se salue, s'envoie d'une table à l'autre des signes de connivence. Vous ne parvenez pas à lier deux phrases qui ne soient interrompues. On se hèle, on échange des potins, on glisse des confidences, on dit qu'il faut qu'on se voie, on se promet de se téléphoner...

— La mutation du héros est traitée en demi-teinte tandis que le personnage de Clémentine... insiste Étienne.

— Es-tu libre mardi à déjeuner ?

C'est à un nouveau venu que s'adresse Richard qui n'écoute plus le piètre récit de Caradet et tranche, condescendant :

— Laissez-moi votre manuscrit. Je le lirai. Ne soyez pas trop impatient : nous sommes submergés. Et ne vous faites pas trop d'illusions : dans la conjoncture actuelle, nous sommes contraints d'être très exigeants sur ce que nous publions.

« Il parle comme Delmond », se dit Caradet, amusé par ce mimétisme.

Amical, Louis-Philippe Richard ajoute, avec un sourire de séducteur :

— Mais nous sommes toujours heureux de découvrir un nouveau talent.

Savourez votre miel, Caradet. Feignez de ne pas paraître agacé par ce garçon sûr de lui, fier de son roman paru l'an dernier, accueilli par les louanges des critiques, dont vous ignoriez l'existence, que vous devriez avoir lu (erreur fatale, mais pouviez-vous deviner ?), ce Richard qui vous dispense ses conseils du haut de ses... Vous en prenez soudain conscience : ce « Directeur de la collection Radiguet », qui vous traite de maître à élève, n'est guère plus âgé que vous. Mais un monde vous sépare : lui a été publié. Il appartient au sérail. Il navigue dans les eaux littéraires, est de tous les cocktails, ne manque jamais de passer, vers dix-neuf

28

heures, boire un verre dans un certain bar de la rue Sébastien-Bottin.

Louis-Philippe Richard (qui, de son vrai nom, s'appelle Jean Fochet, comme Caradet l'apprendra beaucoup plus tard), indifférent aux états d'âme de son invité, lui désigne un sexagénaire à l'allure famélique, teint jaune, yeux rougis derrière les verres épais de grosses lunettes, haute silhouette au dos voûté, et confie à mi-voix :

— Robert Gaillon.

Et comme Caradet semble ignorer qui est ce Robert Gaillon, il condescend à préciser :

— Le critique de la *Gazette Littéraire*.

Il souligne :

— *Très* important.

Puis soupire :

— Enfin, laissez-moi votre manuscrit...

Étienne Caradet se retrouve sur le trottoir de la rue des Saints-Pères, les mains vides et la tête pleine d'impressions contradictoires. Pierre Delmond s'est montré encourageant. Mais qu'attendre de ce garçon aux propos précieux et au maintien prétentieux ? Rien de bon, pense le jeune écrivain.

Vous avez tort, Étienne. Vous découvrirez plus tard, trop tard, que Richard est doué d'un joli talent, qu'il possède de l'habileté et deviendra un prince des lettres.

Pour se libérer de la frustration de son entrevue avec Richard, Caradet s'enhardit : il téléphone à Bréval. Il doit rappeler qu'il a écrit de la part de Feutrine, envoyé un manuscrit. Bréval n'en a qu'un souvenir vague mais, à l'évocation de son ancien condisciple, il consent à lâcher :

— À l'occasion, passez me voir. Vous me donnerez des nouvelles de Feutrine.

Dès le lendemain, car il doit bientôt repartir pour Lyon, Étienne Caradet ose une visite. Vous faites des progrès, Étienne. Votre allure est plus décontractée. Vous commencez à prendre de l'audace. Vous êtes impressionné, pourtant : si la façade de l'immeuble est banale, cette lourde porte bleue que signale une simple plaque en cuivre, l'élite de la littérature l'a poussée. Le cœur battant, vous franchissez le seuil, mettez vos pas dans ceux de Proust, Gide, Sartre, Malraux... Dans le hall aux dalles de marbre, de grandes photos montrent les visages des auteurs à succès. Dans les vitrines plastronnent les derniers livres parus.

Vous rêvez, Caradet : votre manuscrit est tapi dans l'un de ces bureaux, prêt à surgir, à prendre place sur une de ces étagères, entre Camus et Carco. Vous avez indiqué votre nom à l'hôtesse, déclaré presque sans bafouiller :

— M. Bréval m'a demandé de passer le voir.

Fasciné, vous observez de tous vos yeux cette antichambre de l'alchimie littéraire, cet antre d'où partent des escaliers, des couloirs aux profondeurs mystérieuses, demi-étages, labyrinthes, laboratoires de l'esprit d'où les rois mages de l'édition distribuent l'encens, la myrrhe et l'or. Toute une faune circule, entre, sort, traverse, jeune femme haut perchée comme un flamant rose, crabe aux gros yeux de myope, lion à crinière grise, échassier aux coudes battant comme des moignons, plantigrade à la voix ample, biche en robe beige, moineau pépiant, alligator à la peau écaillée...

Pétrifié de respect, risquant des regards dérobés, vous contemplez écrivains connus, égéries, critiques dont une phrase assure la célébrité d'un auteur, journalistes désinvoltes, petits maîtres avides, directeurs de collection à l'air important, jurés nantis de fabuleux pouvoirs. Pourquoi vous-même, peut-être, un jour, n'auriez-vous pas votre place dans ce zoo ? Bréval n'a-t-il pas dit : « Passez me voir » ?

Le voici. Il prend familièrement Caradet par le bras :

— Allons boire un café !

Il enchaîne :

— Donnez-moi des nouvelles de ce vieux Feutrine. Nous nous sommes un peu perdus de vue. Toujours prof ?

Il précise :

— C'était un sacré chahuteur quand nous étions à Normale Sup !

Vous n'imaginiez pas ainsi votre très respectable maître de conférence. Bréval se lance dans l'évocation d'un canular mémorable. Vous écoutez avec complaisance, feignez d'être intéressé alors qu'une seule question vous hante : « Et mon roman ? Va-t-il m'en parler ? Ce n'est quand même pas seulement pour évoquer ses souvenirs de jeunesse qu'il m'a fait venir ! »

Mais si, Caradet. Déjà Bréval pose quelques pièces de monnaie sur la table, se lève. L'entretien est fini. Devant la porte bleue, au moment où, riant encore de ses farces d'antan, il vous serre hâtivement la main, vous osez :

— Je vous avais envoyé un roman...

— Ah ! C'est vrai ! J'avais oublié. Quel était le titre, déjà ?

— *L'ILLUSION.*

– Tout un programme ! Je me souviens, j'en ai lu quelques pages sans déplaisir. Une œuvre de jeunesse, quelques maladresses, mais ça s'arrange. Je l'ai transmis au comité de lecture. Francitare est une grande dame qui n'aime pas être bousculée. Je vais essayer de savoir où en est votre manuscrit. Téléphonez-moi dans un mois ou deux.

– Vous croyez qu'il y a une chance ?

– Il y a toujours une chance pour un bon livre.

– Dois-je le présenter à d'autres éditeurs ?

– En principe, nous n'aimons pas ça. Mais votre livre pourrait correspondre à ce qu'édite La Margelle. Vous pourriez aussi l'envoyer aux Éditions de l'Absolu. Ils sont jeunes mais très actifs. Les grandes maisons n'ont pas que des avantages.

Il lui jette, en pâture, quelques noms, lance en s'éloignant :

– Tenez-moi au courant. Et salut à Feutrine !

L'oncle Ray croit aux vertus de la concurrence :

– Donne-moi ton manuscrit. Je le ferai photocopier.

Fébrilement, Étienne relit son texte, y apporte d'ultimes corrections : Bréval n'a-t-il pas parlé de maladresses ? Il inscrit sur les chemises cartonnées, au gros stylo-feutre :

L'ILLUSION

Il rédige de courtes lettres pour les directeurs dont Bréval lui a indiqué les noms. Avec un sentiment de malaise, l'impression d'être un immigré indésiré se glissant dans un territoire réservé, il continue sa tournée : rougissant de confusion et d'espoir, il dépose les grosses enveloppes entre les mains de réceptionnistes blasées.

Dans le train qui le ramène à Lyon, il se répète : « Il y a toujours une chance pour un bon livre. »

Bréval ne lui a-t-il pas dit : « Téléphonez-moi » ? À deux reprises.

4

Le temps du doute

CHAQUE matin, Étienne Caradet guette la silhouette du facteur porteur du sac qui contient peut-être enfin la lettre attendue. Mais la boîte aux lettres reste vide si l'on tient pour négligeable une pincée de prospectus ou une enveloppe bleu ciel qui vient de Brioude et ne permet aucune illusion : Chantal Sivry retourne le couteau dans la plaie en demandant des nouvelles du roman.

Si ce n'est pas aujourd'hui, c'est demain qu'arrivera la réponse des Éditions de l'Absolu, de La Margelle, de Delmond ou de Francitare.

Caradet trompe son impatience en préparant ses examens de fin d'année avec une certaine négligence : à quoi bon, puisqu'il sera écrivain ?

Un mois, jour pour jour après son entretien avec Bréval, Caradet ne peut plus résister à ce prurit qui le démange : il téléphone.

— M. Bréval est absent. Il faudrait rappeler plus tard.

Plus tard :

— M. Bréval ? Ne quittez pas.

35

Les coûteuses minutes s'égrènent tandis que résonne dans l'appareil un concerto de Vivaldi. Étienne tente d'interrompre la musique imposée, s'égosille :

— Mademoiselle, mademoiselle !

Mais la standardiste n'est pas à l'écoute. Enfin :

— Qui demandiez-vous ?

— M. Bréval.

— Qui dois-je annoncer ?

— Étienne Caradet.

— La ligne est occupée. Vous attendez ?

Il faut bien. Suite du concerto, charmant, agaçant, interminable. Puis :

— C'est M. Bréval que vous vouliez ? On me dit qu'il est sorti.

Au fil des appels, vous vous familiariserez, Étienne, avec les horaires qui rythment la vie de l'édition. Avant onze heures, et parfois midi, il est trop tôt. Après treize heures, il est trop tard : ces messieurs sont partis déjeuner. Entre-temps, ils sont en réunion, on ne peut les déranger. La vie reprend vers seize heures, se prolonge durant la soirée. Vous auriez une bonne chance après dix-huit heures, mais alors il n'y a plus de standardiste et Bréval a pris soin de ne pas vous communiquer le numéro de sa ligne directe.

Chaque communication, qui pèse lourd sur le budget de l'étudiant, apporte son lot de déception. Un jour, enfin, Bréval répond :

— Votre manuscrit ? Toujours en lecture. La décision ne devrait plus tarder. Rappelez-moi dans un mois ou deux si vous n'avez pas de nouvelles.

« Il se fiche de moi », se révolte Caradet.

Pourquoi, Étienne, les éditeurs se moqueraient-ils des auteurs ? Ils sont leur matière première. Mais l'éditeur prend son temps. Il opte pour la durée. Foin de l'éphémère des journaux et des magazines ! Il œuvre pour la postérité. Il possède la patience des géologues à la recherche des métaux précieux. Avec la minutie des prospecteurs, il traque le filon le plus riche, la veine la plus aisée à exploiter, le métal le plus rare. Orpailleur du talent, il fouille parmi des tonnes de mort-terrain, lave battée après battée, découvre parfois une jolie paillette, plus rarement une pépite ou un diamant.

Soucieux de ne pas laisser passer un chef-d'œuvre qui fera la fortune d'un concurrent, l'éditeur lit tout, fait tout lire. L'ivraie est rejetée dès les premiers chapitres. Subsiste le bon grain dont une petite part sera portée au moulin. On ne peut tout publier alors que chacun s'accorde sur l'excès des parutions. Il faut choisir : le blé qui donnera le pain le plus nourrissant ? Non, celui qui plaira au goût, flattera l'œil de sa croûte dorée et l'odorat de son fumet. Celui qui permettra de ne pas perdre d'argent et peut-être d'en gagner.

Vous n'avez pas tort, pourtant, Caradet : si l'éditeur se préoccupe de ne pas laisser échapper un best-seller, en revanche, il considère avec méfiance tout auteur qui n'offre pas l'espoir d'un gros tirage et des bénéfices subséquents. Les candidats à la publication forment un vivier inépuisable, un fretin si affamé qu'il gobe les appâts les plus dérisoires, tout disposé à payer sa propre capture. Quelques carpes assez grasses, avides de gloire, avalent, bouche grande ouverte, les leurres offerts à leur crédulité par « d'importants éditeurs internationaux » à la recherche de manuscrits qu'ils seront prêts à publier. À condition que l'auteur subventionne, au prix fort, les frais de fabrication.

Puisque tant d'auteurs désirent être publiés, pourquoi les éditeurs se hâteraient-ils de lire un manuscrit lorsqu'il s'en entasse des dizaines ? Pourquoi montrer du respect pour les affres d'un jeune écrivain ? Pourquoi tenir ses promesses d'une prompte décision ? Pourquoi répondre aux lettres ?

Cessez toutefois de vous ronger d'inquiétude : il n'existe pas de chef-d'œuvre impublié. S'il échappe à la vigilance d'un éditeur, un autre s'en saisira. Mais vous, agité d'impatience, vous grommelez, devant votre boîte aux lettres vide :

— Ils m'ont oublié.

Non, Caradet, on ne vous a pas oublié. On parle de vous, à Paris, ce matin même : comme chaque mardi, le comité de lecture des Éditions Delmond se réunit dans le vaste bureau de son président. Ils entrent, les uns après les autres, les bras chargés de manuscrits : André, le directeur de la collection « Culture », sérieux, compassé, poussiéreux, incollable, le teint gris, et qui, derrière ses grosses lunettes, regarde chacun avec l'air d'un pion qui redoute un chahut ; Christiane, la cinquantaine prospère, du bon sens à fleur de peau, et dont chacun sait qu'elle fut la maîtresse de Delmond ; Monique, grande, maigre et myope, qui parle trois langues et lit les romans étrangers ; Jérôme, nerveux, toujours pressé ; Rodolphe, précieux, pesant ses mots, prévenant, et qui arbore ce matin un veston couleur bois-de-rose. Ils pénètrent dans la pièce, poursuivant la conversation entamée dans l'ascenseur ou le couloir.

— Bonjour, Pierre... Salut, Jérôme.

Tout le monde, ici, s'appelle par son prénom, même si la feinte cordialité recouvre des animosités cachées ou de visibles mépris. Chacun s'assied à sa place coutumière, sur le canapé, dans les fauteuils bas : ils ont leurs habitudes et leurs voisins de cœur. Ceux qui imaginent que se disposer autour d'une table serait plus pratique ne comprennent rien aux usages de l'édition qui se veut conviviale et décontractée. Au demeurant, on ne modifie pas une coutume affinée en plusieurs décennies de Delmond pères et fils.

Louis-Philippe Richard arrive avec quelques minutes de retard, néglige de s'en excuser avec sa désinvolture d'enfant gâté des lettres. André pince les lèvres : agrégé de philosophie et ancien enseignant, il flanquerait volontiers deux heures de colle à ce gamin qui se croit tout permis. Christiane pose sur le joli garçon un regard indulgent et peut-être concupiscent. Pierre Delmond tranche :

— Commençons, voulez-vous ?

Chacun a posé sur la moquette ou sur la table basse la pile des manuscrits lus pendant la semaine, accompagnés d'une fiche rédigée selon un schéma immuable : analyse, appréciation, conclusion en une phrase avec, au crayon rouge, bien visible, une lettre. A signifie : « À publier » ; B : « Pourrait être édité après examen ou amélioration » ; C : « Possède des qualités mais difficilement publiable » ; D : « À rejeter ». Les manuscrits cotés A ou B sont confiés, pour confirmation, à un autre membre du comité ; parfois, Pierre Delmond s'en réserve la lecture ; ceux notés C ou D, en forte majorité, sont retournés à leurs auteurs. Certains n'ont même pas été jugés dignes de franchir le seuil du bureau de Delmond.

Caradet ignore ces rites propres aux Éditions Delmond et qui existent, sous des formes similaires, dans les autres maisons. Il ne sait pas que c'est ici, aujourd'hui, que se décide le sort de L'ILLUSION, que lui sera décerné le A triomphant, le B des espérances, le C ou le D de l'opprobre.

À tour de rôle, chaque membre du comité parle des manuscrits qu'il a étudiés, avec deux objectifs : plaire et briller. Plaire à Delmond, parce que le poste de lecteur est un privilège : il fournit à des écrivains le second métier qui assure leur survie ; il se pratique à domicile aux heures de son choix ; il confère la puissance dans la petite république des lettres. Cette aura se paye de l'ennui de parcourir des milliers de pages médiocres racontant en phrases bancales des histoires banales, de l'hésitation devant des textes qui exigeraient, pour être remis d'aplomb, un travail trop énorme. Le métier est ingrat et mal rémunéré. Aussi le lecteur se contente-t-il le plus souvent de butiner un paragraphe ici ou là, au hasard des feuillets. Tant pis pour l'auteur qui a construit son récit, conduit l'action, choisi ses mots, poli ses phrases, s'il n'a pas en quelques minutes capté l'attention du juge. Tant pis si ce jour-là le lecteur souffre d'aigreurs d'estomac, si des déceptions sentimentales ou professionnelles l'incitent à se venger sur le premier manuscrit qui lui tombe sous la main.

Cela pour vous consoler, Caradet, au cas où L'ILLUSION ne plairait pas à son censeur. Mais l'honnêteté oblige à admettre que, dans leur professionnalisme, les lecteurs commettent peu d'erreurs, quitte à solliciter l'avis d'un collègue.

Au milieu d'un océan de médiocrité, le lecteur a parfois la joie de découvrir un îlot de talent, un archipel de beautés vierges. Plus souvent, il s'enivrera des délicieuses ivresses du juge souverain. Au moment de conclure son analyse, il est Dieu. La notation qu'il griffonnera est, pour le livre, verdict de vie ou de mort. S'il se trompait ? S'il rejetait vers les ténèbres extérieures l'œuvre qui, en novembre prochain, recevra le prix Goncourt ? S'il condamnait un auteur qui, sous un autre pavillon, produira un best-seller ? Mais s'il recommandait un ouvrage dont la quasi-totalité du tirage, invendue, alourdira les stocks avant de finir au pilon ?

La prospérité d'un éditeur ne s'engraisse pas que de chefs-d'œuvre. Au contraire. Ce matin, André présente avec chaleur, ce qui est exceptionnel de sa part, un essai ambitieux mais d'une lecture difficile.

— Quelle vente peut-on espérer ? s'inquiète Delmond.

— Quatre à cinq cents exemplaires, admet le directeur de la collection Culture. Peut-être deux mille si le snobisme s'en empare. Mais ce sera une fierté pour notre maison d'avoir publié ce texte.

— Il faut parfois savoir perdre de l'argent, soupire Delmond. Donnez-moi votre chef-d'œuvre, j'essayerai de le lire.

Les membres du comité de lecture doivent plaire, et ils doivent briller : afin de rappeler sans cesse, devant leurs pairs, qu'ils appartiennent à cette élite intellectuelle qui, à l'ombre du clocher de Saint-Germain-des-Prés, règne sur la francophonie. Peu importe d'assassiner un auteur si l'arme du crime est un mot d'esprit qu'on se répétera à la terrasse de la brasserie Lipp !

Après le rejet de quelques manuscrits sans intérêt et les scrupules d'esthète susurrés par Rodolphe, Monique annonce qu'elle a pris option sur les mémoires de Barbara Cooper.

41

– La star d'Hollywood, précise-t-elle avec condescendance à destination d'André qui ne va jamais au cinéma.

– Est-ce intéressant ?

– Sans aucun doute.

– Comment cela ? Vous n'avez pas lu le livre ?

– Il n'a pas encore paru, mais je sais qui lui sert de nègre. Un échotier de *Night and Life* a recueilli ses souvenirs au magnétophone.

L'œil amusé, elle ajoute :

– Je l'ai joint au téléphone. Il me garantit que le récit fourmille d'anecdotes savoureuses lorsqu'elle tournait *Belle toujours*, et de potins scandaleux sur le monde du cinéma, avec des détails croustillants sur son divorce, ses fantasmes et ses amants à répétition.

– Avec toutes les chances d'un beau procès !

– Aucun risque : Barbara a pris la précaution de demander leur accord à toutes les personnes dont elle parle. Il faut croire qu'elles estiment que cela leur fait de la publicité.

– On peut atteindre cent mille exemplaires sur un coup pareil ! jubile l'éditeur.

Chacun opine, avec l'air sournois de qui se sent complice d'une mauvaise action. André ne cache pas ses réticences. Delmond lui sourit :

– Si vous voulez que nous financions vos essais philosophiques...

– J'ai dévoré une grande fresque historique, enchaîne Christiane avec un air gourmand. C'est la saga d'une famille de colons en Nouvelle-Calédonie. Tout pour faire pleurer Margot : l'exil du communard proscrit, le défrichement de la brousse, la terre ingrate, les Canaques hostiles, le cyclone qui détruit la récolte, le fils dévoré par les anthropophages, la nourrice dévouée, la misère, le courage et la dignité. Le récit se développe sur un demi-siècle et l'auteur annonce une suite en trois volumes. Avec un bon lancement, ce peut être le succès de l'été. Des pourparlers sont en cours pour une série télévisée. Cela étant, le titre est idiot : *Les chacals se terrent pour survivre.*

— Peu importe ! Nous en trouverons un autre.

— Les droits seront élevés. Nous sommes en concurrence avec Baltard.

— Prenez-moi un rendez-vous avec l'auteur. Pour un déjeuner.

Voici venu votre tour, Étienne Caradet. Louis-Philippe Richard présente votre roman : les trois cent cinquante pages de L'ILLUSION se réduisent à quelques phrases que Richard prononce avec nonchalance en rejetant sa lourde mèche. Le déroulement de l'action se dessèche en un maigre synopsis. Les personnages se décharnent comme des squelettes.

— C'est gentiment écrit, admet Louis-Philippe, mais le livre souffre des maladresses d'un premier essai. Ce Caradet jouit d'un certain talent, mais c'est un vrai plouc sorti de sa cambrousse. Devant une caméra ou un micro, il serait nul.

« Il est délicat d'investir sur un roman qui possède tous les défauts de la jeunesse ! tranche Richard du haut de ses vingt-cinq ans.

Enfin, Caradet, votre attente s'achève ! Voici qu'est arrivée l'enveloppe à en-tête des Éditions Delmond. Vous hésitez à l'ouvrir. Vos mains tremblent. Votre cœur bat. Vos yeux se troublent. À la chiche lueur de l'ampoule qui vacille dans le couloir menant à votre chambre d'étudiant, vous déchiffrez :

Cher Monsieur,

Notre Comité de lecture a pris connaissance avec attention de votre roman « L'ILLUSION ». Malgré ses réelles qualités, nous regrettons de ne pouvoir le retenir pour publication, notre programme de parution étant déjà très chargé.

Nous vous prions d'agréer, cher Monsieur, l'assurance de nos meilleurs sentiments.

P.S. Votre manuscrit est à votre disposition dans nos bureaux ou peut vous être renvoyé contre la somme de trente francs en timbres.

Louis-Philippe Richard, hypocrite, a joint à cette missive une carte manuscrite :

J'aimais bien votre livre et me suis efforcé de le défendre. Je n'ai malheureusement pas pu convaincre un Comité plus réticent. Chaque maison d'édition possède sa « couleur » et je suis persuadé que votre beau texte conviendrait mieux au genre que publie Francitare.

Refusé.

Pourtant, ils ont écrit : « De réelles qualités. »

Vous ignorez encore, cher Caradet, que le monde de l'édition cultive la politesse, évite de traumatiser les auteurs, et que l'une des méthodes consiste à dire : nous aimons tellement votre livre que nous vous conseillons de le faire publier par un autre.

Refusé.

Pourtant, Louis-Philippe Richard affirme qu'il a aimé votre texte. Vous ne le savez pas, Étienne, mais

44

le milieu littéraire enseigne la prudence : ce monde est un village, les chemins se recoupent, et sur la peau des auteurs à la sensibilité d'écorchés, les baumes, comme l'acide, laissent des traces indélébiles. Qui sait ce que réserve l'avenir ?

La lettre des Éditions de l'Absolu parvient une semaine plus tard, sous la forme d'une missive standard, d'une brutale sécheresse et affirmant : « Ce livre n'entre pas dans le cadre de nos collections. » Vos efforts, Caradet, méritent-ils d'être traités avec un tel mépris ? Lorsque la poste vous a livré l'exemplaire que vous aviez confié à Richard, vous avez relu quelques pages de L'ILLUSION. Le mouvement de votre prose vous a entraîné. Votre description des quais de la Saône n'est pas malvenue. Le chapitre de la mort de Lucien est chargé d'émotion. Votre roman est-il si médiocre ? Vous l'avez fait lire à deux de vos amis. Ils ont dit qu'ils avaient aimé. Par complaisance ? Par lâcheté ? Votre texte, estimez-vous, est bien supérieur à certaines élucubrations, à ces galimatias prétentieux que célèbrent les critiques et couronnent les jurys.

Mais l'Absolu, comme Delmond, a rejeté votre manuscrit. Ce sont eux qui possèdent la connaissance. Vous disséquez votre roman avec un œil nouveau : ils ont raison.

La mine sombre, vous déambulez le long des quais du Rhône. Vous devez l'admettre : vous vous êtes trompé. Vous n'êtes pas un écrivain. L'histoire que vous avez tenté de raconter est banale, vos personnages manquent d'originalité, votre style est suranné, vos images sont des clichés. Vous n'êtes qu'un plumitif de Brioude, Haute-Loire, doté de quelques facilités. Par quelle aberration mentale avez-vous un instant rêvé que votre roman méritait d'être imprimé, relié en volume, acheté par des milliers de lecteurs ? Quelle bouffée de vanité vous a-t-elle enivré au point qu'un instant vous avez imaginé que votre livre se glissait entre ceux de Camus et de Carco ?

Chantal Sivry clamait son enthousiasme. Mais Chantal n'y connaît rien. Revenez sur terre. Lisez les livres des autres. Limitez vos exercices littéraires à votre mémoire de fin de cycle ou aux écrits destinés à rester dans les tiroirs. Acceptez d'être ce dont vous êtes capable : un modeste enseignant dans quelque collège de province. On dira, après avoir lu l'article que vous aurez donné à la revue locale des *Amis d'Honoré d'Urfé* que vous avez un joli brin de plume.

Refusé.

Ils s'en foutent, Caradet, du sacrifice de vos vacances, de vos nuits passées à polir votre texte, à en chasser les scories. Ils se moquent de votre pauvreté. Que leur importent l'effondrement de vos espoirs, la ruine de vos rêves. Personne ne vous a demandé d'écrire.

Refusé. Refusé. Refusé.

Soyez humble, Caradet. Piétinez votre orgueil. Refoulez vos songes. Écrivain, vous ? N'y pensez plus !

5

Accepté !

DEUX semaines plus tard, notre écrivain erre, désabusé, dans les ruelles tristes du quartier d'Ainay. Il froisse au fond de sa poche une enveloppe portant l'élégant dessin bleu d'une margelle. Il ne l'a pas ouverte. À quoi bon ? Pour que lui soit assené, à nouveau, noir sur blanc, qu'il n'a aucun talent, qu'il doit renoncer à tout espoir de consacrer sa vie à sa passion ? Entre ses doigts, le papier crisse. Il se décide enfin, décachète la missive avec l'amère jouissance d'un masochiste qui sait qu'il va souffrir. Il lit : « Nous pourrions envisager de publier votre roman L'ILLUSION... » Et encore : « l'indéniable sincérité... » Puis : « Votre héros nous a émus. » Et enfin : « Soyez assez aimable pour m'appeler pour que nous convenions d'un rendez-vous. »

Étienne répète à voix haute les mots qui volent dans le ciel comme des oiseaux un matin de printemps. Les passants compassés regardent avec réprobation ce garçon qui gesticule et parle seul. Caradet a lu dix fois la lettre. Il la connaît par cœur. Il voudrait la montrer aux gens qu'il croise. Il la sort à nouveau de l'enveloppe. Il se repaît de l'en-tête. Il vérifie que c'est bien son nom qui figure sur la suscription, que c'est à lui, M. Étienne Caradet, que Jean-Robert Dupuis écrit : « Nous envisageons de publier votre roman. »

Écrivain ! Il sera écrivain. Édité. Son livre dans les librairies. Les critiques dans les journaux. Il sera invité à l'émission Point-Virgule, au Panorama de France-Culture. Les lecteurs découvriront ses personnages, Antoinette et ses fantasmes, Lucien et son angoisse, l'émouvant petit Gabriel...

Il savoure sa joie. Chez Flammarion, place Bellecour, il cherche les livres que publie La Margelle, éditeur assez parcimonieux. En voici un : bientôt, un volume comme celui-ci sera dans la vitrine et portera son nom. Demain, il sera connu, célèbre, riche. L'oncle Raymond l'admirera, ne le traitera plus en parent pauvre qu'on tolère au bout de la table.

Marchant au hasard, il toise les passants, ces ignorants qui ne savent pas qui ils ont la chance de croiser : un auteur. Quand bientôt ils l'apercevront sur l'écran de leur téléviseur, ils se diront : « J'ai déjà vu cette tête-là. » Les gens de Brioude comme ses camarades de Faculté découvriront, étonnés, qu'ils côtoyaient sans s'en douter une personnalité hors du commun. Il sera vengé de toutes les rebuffades, de tous les mépris, de toutes les indifférences, des filles dont il était amoureux et qui ont repoussé ses avances. Des lecteurs lui écriront, chercheront à le rencontrer, solliciteront une dédicace. Des lectrices aussi...

Il exulte, il jubile. Il faut qu'il partage son trop-plein d'orgueil. Il va voir Chantal, qui commence à Lyon ses études de droit et qu'il rencontre de loin en loin :

— C'est merveilleux, se réjouit-elle.

48

Elle le serre dans ses bras. Leurs lèvres se rencontrent, les mains trouvent une nuque, une hanche, un sein, dénouent, dénudent.

Eux qui n'étaient que des camarades d'enfance unis comme frère et sœur se regardent, étonnés, et rient. Étienne pense : « Il faudra que je note mes sentiments, mes sensations. Je suis un écrivain, maintenant, je ne dois rien laisser s'égarer, ni les sons, ni les couleurs, ni les senteurs, tout peut servir. » Il est agacé que Chantal parle, l'empêche ainsi d'assembler les phrases dont il veut se souvenir.

– Tu deviendras un grand homme, affirme-t-elle. Tu m'oublieras.

Vous protestez, Étienne Caradet, avec un accent faussement sincère. Car vous songez déjà que vous n'allez pas vous encombrer de cette fille terne et un peu gauche : elle détonnerait dans le salon gris et jaune de l'oncle Ray ; elle attirerait les sourires ironiques dans le restaurant où vous avez déjeuné avec Richard. Lorsque votre roman sera paru, vous retournerez dans ce restaurant, accompagné d'une de vos admiratrices, afin de prendre votre revanche sur ce prétentieux, sur sa condescendance, sur son mépris, et qui a commis l'erreur de refuser votre œuvre.

Demain commence une autre vie.

Jean-Robert Dupuis le recevra le 15 avril.

Et Francitare ? Étienne n'en a aucune nouvelle. Si Francitare décidait lui aussi de publier *L'ILLUSION* ? « Fais jouer la concurrence », recommande l'oncle Ray. Dès son arrivée à Paris, Caradet appelle Bréval qui, comme toujours, est absent. « Il n'est jamais là ! »

grommelle Étienne qui, d'une certaine façon, s'en réjouit : il est exaspéré d'être snobé par Francitare.

Francitare, noble douairière des lettres, a toisé le candide écrivain, l'a examiné à travers son face-à-main. Rolls de la littérature, l'éditeur centenaire roule avec une componction de cortège officiel.

Ça suffit ! Puisque Francitare, dix mois après avoir reçu votre manuscrit, n'a pas daigné vous répondre, puisque Francitare prend son temps, puisque Bréval est absent, vous donnerez votre accord à La Margelle. Vous cachez votre dépit sous la colère, vous enduisez de baume votre vexation, car, vous le savez bien, La Margelle est un éditeur moins prestigieux que Francitare. Mais votre roman sera publié. Lorsque *L'ILLUSION* paraîtra, Francitare sera furieux. Mais il sera trop tard. Ça leur servira de leçon pour la prochaine fois !

C'est ce que vous marmonnez, Caradet, en marchant rue de l'Université, en route pour votre rendez-vous avec Jean-Robert Dupuis. Une nouvelle fois, vous êtes dans l'erreur. Car, chez Francitare, ils se moquent de votre roman comme de leur premier invendu. Peu leur chaut qu'il paraisse ailleurs. Ils savent bien que, si jamais le succès vous sourit, vous ferez des bassesses pour que Francitare publie votre prochain livre. Au besoin, Francitare viendra vous chercher. Vous accepterez, renierez votre engagement envers La Margelle. Comme le font la plupart de ceux qui le peuvent, vous rallierez Francitare avec la griserie ambiguë des trahisons nourries de fausses bonnes raisons. Parce que, comme les autres, vous serez fier que votre roman paraisse sous la célèbre couverture bleue encadrée d'un filet blanc, d'être l'un des auteurs qui courent sous la casaque de l'écurie Francitare. Et s'ils ne viennent pas vous chercher, s'ils font la sourde oreille à vos sollicitations plus ou moins voilées, comme les autres vous hausserez les épaules en vous gaussant de ce monument poussiéreux et suranné qu'est devenu Francitare.

Jean-Robert Dupuis ne s'embarrasse pas de telles considérations. Il est cordial. Il est direct. Lorsque Caradet est introduit dans son bureau, l'éditeur est au téléphone : notre écrivain a tout le loisir d'observer cet homme de quarante ans à peine, le teint fleuri sous la chevelure noire qui grisonne, la taille qui accuse un début d'embonpoint, et qui propose à son interlocuteur :

– Déjeunons ensemble.

Vous le constatez à nouveau : on déjeune beaucoup, et bien, dans l'édition, tout en soupirant que les temps sont durs, et en dépensant en un repas l'argent qui nourrirait pendant un mois un écrivain famélique.

Dupuis raccroche enfin, s'exclame :

– Voici notre jeune auteur ! Pas mal du tout, votre roman !

Il quitte son bureau, fait asseoir Caradet à ses côtés, sur un canapé, lui raconte L'ILLUSION comme s'il l'avait écrit lui-même, commente, analyse, fait les demandes et les réponses, réfute les critiques et dévoile le dénouement. Jean-Robert Dupuis est un enthousiaste. C'est aussi un homme d'affaires :

– Lancer un nouvel auteur est toujours un pari, mais c'est la beauté de notre métier. Nous ne sommes pas encore ce qu'on appelle un grand éditeur, mais notre équipe est soudée, dynamique. Suivez-moi, je vais vous présenter la maison.

Dans un petit hôtel dont les fenêtres ouvrent sur les

frondaisons d'un jardin de curé, les Éditions de La Margelle ont cloisonné au mieux chambres et salons pour les transformer en bureaux dont les boiseries dépeintes témoignent du lustre d'antan. Dupuis passe de pièce en pièce comme un vaisseau fendant la vague. Barque à la remorque, Caradet flotte dans son sillage. L'éditeur fait l'article avec un bagout de bateleur :

— Voici notre service artistique. C'est ici que sera conçu votre livre. M. Flambart créera pour L'ILLUSION une couverture séduisante, vous verrez.

M. Flambart lève un instant la tête avec un air blasé et grogne un acquiescement.

— Très important : Linda, notre attachée de presse.

Une jeune femme rousse, la cigarette à la main, face à un cendrier plein de mégots, se lève, coule vers Étienne un regard languide, lui serre la main avec une pression appuyée. Chantal est bien oubliée. Linda est d'une élégance raffinée. Étienne, qui, à la lumière de son entrevue avec Richard, a adopté une tenue d'une fausse décontraction, se sent fort emprunté et se dit que l'attachée de presse doit le trouver ridicule.

— Myriam Bee, qui négocie nos ventes à l'étranger. La plupart de nos livres sont traduits en quatre ou cinq langues. Nous avons un stand à Francfort. C'est aussi Myriam qui traite nos droits cinématographiques et télévisuels. Myriam est américaine : c'est mieux, pour conquérir le marché de langue anglaise...

Désignant d'un geste large les portes qui dissimulent le service des expéditions et la comptabilité, Jean-Robert Dupuis achève la visite au pas de charge, revient dans son bureau, enchaîne :

— L'avantage d'être publié par un éditeur de taille moyenne, c'est que vous n'êtes pas un fétu perdu dans une meule de foin. Ici, chacun s'applique à défendre nos livres et nos auteurs. Le résultat est là !

Dupuis montre avec fierté les couvertures agrafées sur un panneau en liège :

— *L'Amarante* dépasse les cent mille, et avec le traité de savoir-vivre de la comtesse de Sarcelle, nous frôlons les deux cent mille. Sans compter les éditions en club et en poche. Et je ne parle pas des traductions. Votre livre peut faire aussi bien. J'y crois, moi, à votre roman. Et vous avez vu notre attachée de presse : *très* efficace. Pour les conditions, si vous êtes d'accord, je vous ferai préparer votre contrat : huit pour cent jusqu'à dix mille, dix pour cent au-delà. C'est exceptionnel pour un premier livre. Je vous donnerai un petit à-valoir : dix mille francs. Ne me demandez pas plus, je ne pourrais pas.

La tête vous tourne, Caradet : dix mille francs, c'est un apport considérable dans votre maigre budget d'étudiant, alors que, si vous en aviez eu les moyens, vous auriez payé pour être publié.

L'éditeur ne l'ignore pas, qui soupire :

— Je prends un risque. Vous connaissez les coûts de fabrication d'un livre, je suppose.

Vous prenez un air entendu, Caradet, mais vous n'apprendrez que bien plus tard qu'un roman vendu cent francs en a coûté douze en frais directs de fabrication, composition, papier et impression. La majeure partie du prix de vente est absorbée par la commercialisation : trente à quarante pour cent pour le libraire, la marge des grossistes, les salaires et l'intéressement des vendeurs. Ajoutons les frais généraux de l'éditeur qui ne peuvent s'amortir que sur des ventes que n'atteindra qu'exceptionnellement un premier roman. Et vous, l'auteur, qui avez conçu, imaginé, souffert page après page pendant de longs mois, vous devrez vous contenter d'un minimum garanti que les huit ou dix pour cent qui vous sont consentis ne dépasseront sans doute jamais.

Timide écrivain débutant, vous ne pouvez guère imposer vos conditions. Ce n'est que lorsque vous serez un auteur confirmé, capable d'exhiber vos gros tirages, que vous pourrez exiger des pourcentages de douze, voire quinze pour cent, et des à-valoir généreux.

Vous n'en êtes pas là, Caradet, déjà ébloui par les chiffres qu'énonce Dupuis. Au demeurant, qu'importe ! Ce n'est pas pour gagner de l'argent que vous écrivez. Ou alors, choisissez un autre métier.

– Je fais un pari sur vous, mon cher, insiste à nouveau Dupuis, paternel et chaleureux. Ne me remerciez pas. Vous le ferez lorsque nous atteindrons les cent mille. Ce jour-là, je vous autoriserai à m'offrir un bon déjeuner. Un petit détail : nous allons investir sur vous, en fabrication, en promotion. Nous voulons être assurés que votre premier livre ne sera pas une œuvre unique. Chacun porte en soi un livre, mais c'est au second, au troisième que l'on reconnaît l'écrivain. Il faudrait que vous nous proposiez deux ou trois synopsis détaillés de vos prochains romans. Mais peut-être avez-vous déjà une autre œuvre en chantier ?

– Dans mon esprit, L'ILLUSION était le premier volet d'une trilogie...

– Très bien, les trilogies. Le second ravive les ventes du premier et le troisième s'écoule sur la lancée. Dans L'ILLUSION, certaines parties méritent d'être développées, certains personnages pourraient être plus étoffés. Il y a aussi quelques longueurs que vous pourriez couper. Ne vous vexez pas : c'est normal pour un premier roman. Cotonnou vous expliquera. C'est notre directeur littéraire : un puits de culture. Vous vous entendrez à la perfection. Vous êtes agrégé d'histoire, m'avez-vous dit ?

– Je termine une maîtrise d'anglais.

– Parfait ! Vous pourrez donner des interviews lors de la parution aux États-Unis. Envoyez-moi vos synopsis et revoyez votre texte selon les indications de Cotonnou. Si nous avions le manuscrit définitif avant le 20 juin, nous pourrions sortir en septembre, à temps pour les prix. Je vous verrais bien retenu pour le Médicis ou le Femina. Pas vous ?

Submergé par ce torrent verbal, roulé comme un galet, muet comme un caillou, Caradet ne peut qu'opiner de la tête. Le flot ne dure pourtant jamais plus de quelques minutes, endigué par la sonnerie du téléphone. Jean-Robert Dupuis esquisse un geste d'exaspération, glapit dans l'appareil :

– J'avais demandé qu'on ne me dérange pas !... Bon. Passez-le moi.

À Caradet :

– J'en ai pour une seconde.

Suit une conversation interminable. Enfin, l'éditeur raccroche, consulte son agenda avec un air affairé, propose :

– Venez le 23, vers midi. J'aurai fait préparer votre contrat. Nous déjeunerons ensemble.

Sur le large trottoir du boulevard Saint-Germain, Étienne Caradet flotte sur un nuage. Saint Sulpice est son ange gardien, les Saints Pères l'ont pris sous sa protection et Saint-Germain-des-Prés le guide. Il contemple les façades du Café de Flore et des Deux-Magots comme s'il en était propriétaire. Dans sa tête d'étudiant impécunieux bouclant ses fins de mois à l'aide de cours particuliers glanés à coups d'affichettes placardées chez le boulanger, se bousculent d'incrédibles richesses.

Avec un prix du livre de cent francs, pour simplifier, huit pour cent par cent mille exemplaires, cela fait...

Il se trompe, les zéros fuient, la virgule dérape. Il recommence, incapable d'imaginer autant d'argent.

6

Le contrat

E<small>NTRE</small> *les soussignés, M. Étienne Caradet, ci-après désigné « L'auteur »...*

L'auteur ! C'est vous, Caradet, qui êtes assis là, un peu emprunté, face au bureau derrière lequel officie Jean-Robert Dupuis. Un Dupuis cordial mais pressé, et qui vous bouscule :

— C'est le contrat type de tous les éditeurs. Vous pouvez le lire si vous voulez (sous-entendu : si vous tenez à me faire perdre mon temps), mais seules les mentions ajoutées à la machine sont importantes.

L'éditeur, représenté par son Président-Directeur général M. Jean-Robert Dupuis, fait le tour de sa table, souligne du doigt les mentions ajoutées dans les blancs du contrat tout imprimé :

L'auteur cède à l'éditeur le droit exclusif d'exploiter l'ouvrage de sa composition et qui a pour titre provisoire :

L'ILLUSION...

— Pourquoi « titre provisoire » ? s'insurge Caradet.

— C'est la formule habituelle : au cas où nous

déciderions, d'un commun accord bien sûr, d'adopter un autre titre.

L'écrivain sursaute : un autre titre que celui qu'il a choisi, après tant d'hésitations ? De quel droit l'éditeur le modifierait-il ?

— J'avais pensé à un titre plus vendeur, du genre *Clémentine chérie*, ou *Chère Clémentine*. Il faudrait demander à nos représentants ce qu'ils en pensent.

Devant l'air offusqué d'Étienne, Dupuis fait machine arrière :

— Mais *L'ILLUSION* est un joli titre. J'espère qu'il n'est pas déjà pris.

— Vous croyez ? s'inquiète Étienne, la gorge sèche.

— C'est arrivé. Nos services vérifieront. Ici, le pourcentage : c'est celui dont nous sommes convenus. Là, les droits de traduction et de reproduction, cinéma, télévision, vidéogrammes, partagés à cinquante-cinquante, c'est l'usage.

Vous rêvez, Caradet : *L'ILLUSION* tourné en film, adapté pour la télévision. Mais, cinquante pour cent pour l'éditeur, il y va fort, Dupuis ! Vous n'avez pas le loisir de protester : le patron de La Margelle a déjà enchaîné :

— L'à-valoir : dix mille francs. Pour un premier ouvrage, c'est un maximum. Vous êtes privilégié, Caradet : trois mille francs à la signature du contrat, trois mille à l'acceptation du manuscrit définitif, quatre mille à la parution. J'ai fait préparer le premier chèque. Naturellement, vous gagnerez beaucoup plus, lorsque votre livre, comme j'en suis persuadé, aura atteint les chiffres de vente que nous escomptons. La clause de préférence est habituelle, sur vos cinq prochains livres. Nous investissons sur vous, monsieur Caradet, et si votre premier roman ne connaissait qu'un succès d'estime, il faut que nous puissions nous rattraper sur les suivants.

Jean-Robert Dupuis, avec un rire de maquignon, poursuit :

— Un contrat entre un éditeur et un auteur est un mariage, pour le meilleur et pour le pire. Je vous fais confiance, je joue sur l'avenir. J'ai lu vos deux synopsis : LA DÉCEPTION et L'OBSTINATION. Je les trouve prometteurs. Avec notre appui, vous commencez une carrière sous les meilleurs auspices, mon cher. Vous signez ici : « Lu et approuvé », et vous paraphez chaque page.

Vous hésitez, Caradet. Tout va trop vite. Comme l'amoureux qui, après une longue attente, voit soudain céder l'objet de sa passion, vous n'osez croire à votre chance et prononcer le « oui » que vous avez si ardemment désiré. Signer, c'est renoncer à Francitare (mais Bréval n'avait qu'à répondre). Signer, c'est peut-être se lier par un mauvais accord : vous souhaiteriez réfléchir, soumettre ce projet de contrat à l'oncle Ray. Mais que connaît Ray à ces affaires d'édition ? Un autre sentiment vous anime, Étienne : l'orgueil de mener seul votre carrière. Hésiter serait montrer de la défiance, risquer de vexer Dupuis, de le faire revenir sur sa décision, alors que, comme il l'a dit, il s'agit d'un contrat type et de conditions usuelles. Le chèque rose, déjà épinglé à l'exemplaire qui vous est destiné, est tentateur comme une friandise.

Caradet signe, d'une main qu'il s'efforce d'affermir, comme si passer des contrats d'édition était son lot quotidien.

Jean-Robert Dupuis griffe de sa plume l'exemplaire

que conservera l'écrivain, le lui remet. Vous lisez à nouveau : « *Entre les soussignés, Étienne Caradet, ci-après désigné "L'auteur"...* »

— Allons déjeuner, tranche Dupuis.

Dans les restaurants douillets, feutrés, vieillots et coûteux que les éditeurs fréquentent, ils ont leurs habitudes, et le patron leur serre la main :

— Ça va bien, aujourd'hui, monsieur Dupuis ? Je vous ai mis au fond, près de la cheminée, monsieur Dupuis, vous serez tranquille. Je vous sers un petit apéritif, monsieur Dupuis ?

— Que diriez-vous d'un peu de champagne, cher ami, pour fêter votre contrat ?

Jean-Robert Dupuis s'installe dans son fauteuil avec tous les signes de la prospérité satisfaite, salue de la main un confrère, vous présente à quelqu'un dont vous ne comprenez ni le nom, ni la qualité :

— Un nouvel auteur maison. Promis à un brillant avenir...

Il se penche vers Caradet, confidentiel :

— À propos, cher ami, avez-vous pensé à un pseudonyme ? Je n'ai rien contre Étienne Caradet, c'est un nom fort honorable. Un peu trop classique, peut-être, si vous voyez ce que je veux dire. Très... Français moyen. La question est de savoir si le public retiendra un nom somme toute assez courant, ou s'il sera plus aisément frappé par un patronyme à la consonance romantique, ou teinté d'exotisme, déroutant, insolite, ou claquant comme... comme... comme une marque de lessive ! finit par lâcher Dupuis avec un gros rire.

Ne prenez pas cette mine offusquée, Caradet. Qu'êtes-vous d'autre, pour votre éditeur, qu'un produit qu'il faut lancer, qu'il faut vendre ? Votre amphitryon n'est pas un mécène mais un chef d'entreprise, un gestionnaire préoccupé par ses échéances, un commerçant féru de marketing, de marges, de seuils de rentabilité. Son but est de fabriquer un objet de bonne qualité, de le présenter sous un emballage séduisant, avec un nom de marque attractif, afin qu'il soit acheté par un grand nombre d'amateurs qui rembourseront l'investissement, amortiront les frais généraux et, dans le meilleur cas, procureront un bénéfice.

En emplissant d'un bourgogne généreux le verre de Caradet, l'éditeur insiste :

– C'est votre privilège à vous, les artistes, écrivains, chanteurs, comédiens : vous pouvez choisir votre nom. Nous autres, le commun des mortels, nous sommes condamnés à porter celui que notre père nous a légué, même s'il est grotesque ou banal. Comme Dupuis ! Moi, je vous aurais volontiers imaginé un nom de plume romantique, très fin de siècle. Que diriez-vous d'Arnolphe Saint-James ? Ou d'un prénom rare : Anthelme, Côme, Donatien ? Ou alors, ayez l'audace d'un nom sans prénom, flamboyant comme une enseigne : Audar, Marial, Nirkos, que sais-je ? Vous devriez y penser.

Le champagne, le bourgogne, et plus encore l'émotion : la tête te tourne, Étienne (maintenant que tu vas être publié, que tu es entré dans la famille, nous pourrions nous tutoyer, ne crois-tu pas ?).

À la porte du restaurant, Jean-Robert Dupuis t'a abandonné après un adieu hâtif. Tu es entré dans le premier café, tu as choisi une table à l'écart, sorti de ta poche le précieux contrat, regardé le chèque. Le montant, fractionné, ne présente plus la jolie somme ronde que tu escomptais, ce qui ternit ta joie. Mais enfin, n'est-ce pas le premier argent que, tel un faux-monnayeur, tu as fabriqué en traçant des signes sur du papier blanc ? Ce n'est qu'un début, Dupuis l'a affirmé. N'est-ce pas miraculeux de pouvoir gagner ainsi sa vie ?

Caradet lit, article par article, ce texte écrit en petits caractères et auquel il ne comprend pas grand-chose. Ce qui est sans importance, puisqu'il s'agit d'un contrat type. Et avait-il le choix ?

L'essentiel tient dans cette simple phrase : « *L'éditeur s'engage à publier, à ses frais, l'ouvrage sus-indiqué, et à en assurer la diffusion auprès du public.* »

Planté devant la vitrine d'une grande librairie du boulevard Saint-Germain, le candide écrivain regarde l'emplacement où, bientôt, trônera un livre sous une jolie couverture, avec pour titre : *L'ILLUSION* et, au-dessus, en lettres majuscules, le nom de son auteur : *ÉTIENNE CARADET.*

7

Le prêche

SOYEZ libre le 25 mai, a exigé Dupuis. Vous présenterez votre roman à notre réseau de vente. C'est *très important.*

Cinq fois par an, La Margelle présente les ouvrages à paraître, et, avant même que leur fabrication ne soit terminée, aux représentants de Libris, l'entreprise chargée de diffuser ses livres. Toute la matinée se succèdent prêches et sermons. Les vendeurs sont entendus en confession. Leur directeur, Alain Sédur, grand prêtre de la cérémonie, distribue bénédictions et indulgences. Après le déjeuner, les auteurs sont invités à venir, les uns après les autres, dire tout le bien qu'il faut penser de leur ouvrage. Étienne Caradet est conscient de l'enjeu : il aura la chance de communiquer sa foi et son enthousiasme à ceux qui, à travers la France, parleront de L'ILLUSION aux libraires, obtiendront des dizaines, des centaines de commandes. Et pourquoi pas des milliers ?

Pour se rendre disponible, notre écrivain a séché deux jours de Fac. Arrivé à la gare de Lyon avec une marge de temps confortable, il prend le métro et se trompe de ligne, puis de station, décide de parcourir le reste du chemin à pied, se perd, s'énerve, n'ose interroger les passants, court dans la crainte de n'être pas exact au rendez-vous. Essoufflé, en sueur, il débouche dans une cour paisible : ce n'est certainement pas le bon endroit.

Une plaque, discrète, le rassure : c'est bien ici le siège de Libris, où Dupuis l'a convié.

Étienne est juste à l'heure. Le cœur battant, concentré sur le bel exposé qu'il a préparé, il entrouvre avec timidité la porte de la salle de réunion que l'hôtesse d'accueil lui a indiquée. Il se heurte au regard courroucé de Dupuis. Linda se précipite vers lui :

— Nous avons un peu de retard. Tu as le temps d'aller boire un café. Reviens dans un quart d'heure.

Ce n'était pas la peine de courir, Étienne : l'expérience t'enseignera que ces réunions prennent toujours du retard.

Lorsque le petit écrivain est autorisé à pénétrer dans la place, Dupuis lui fait signe de venir s'asseoir au milieu de la longue table. L'orateur précédent n'a toujours pas fini son baratin : barbu, jovial et volubile, il ignore les signes que lui adresse le patron de La Margelle. Il dit :

— Juste encore un mot...

Et il repart dans un long discours. Lorsque Sédur le presse d'en terminer, il enchaîne :

— J'en ai fini. Mais il faut bien que vous sachiez...

Et il y en a encore pour cinq minutes.

Caradet s'agite sur sa chaise, irrité, impatient. Il marmonne :

— Ce baratineur me vole mon temps de parole !

De quoi entretient-il les vendeurs, au fait ? De plantes médicinales, de remèdes de bonne femme, de recettes venues du fond des âges. Les auditeurs, c'est évident, sont intéressés : car chacun cache un cor au pied, un rhumatisme, un début de surdité que les traitements miracles dévoilés par le barbu pourraient guérir. Il faudra attendre, pourtant : le livre ne paraîtra qu'en janvier.

Enfin, le directeur commercial est parvenu à faire taire le bavard. Il présente Caradet, lui glisse :

— Essayez d'être bref, nous avons beaucoup de retard.

Agacé, mis de mauvaise humeur, Caradet ne trouve plus les mots qu'il avait préparés. Médiocre orateur, car il préfère écrire que parler, il bafouille, ne termine pas ses phrases, précipite son débit pour tenter d'en dire le plus possible malgré le court délai qui lui est imparti. Comment, en quelques minutes, raconter tout un roman ? Il regarde la vingtaine d'hommes et de femmes qui lui font face. Il lit l'ennui sur leurs visages. L'un bâille, l'autre somnole, un troisième, à voix basse, parle avec son voisin.

Conscient de n'être pas parvenu à captiver son auditoire, furieux contre Dupuis, contre le barbu, contre lui-même, Étienne bâcle sa conclusion.

L'écrivain débutant devine qu'il a manqué sa prestation et que les représentants ne se soucieront guère de promouvoir L'ILLUSION auprès des libraires qu'ils démarchent. Était-ce bien la peine qu'il s'acharne à écrire un beau roman, qu'il choisisse ses mots, polisse ses phrases, dépouille son style ? Il est bêtement jaloux du bateleur barbu, de ses herbes et de ses simples.

Tu as des excuses, Étienne : Sédur a placé ton

exposé au pire moment de la journée, lorsque les vendeurs, après un lourd repas arrosé d'un peu trop de vin, n'aspirent qu'à la sieste. Au demeurant, ces réunions, pour les représentants, sont une corvée : elles les contraignent à quitter leurs provinces et leurs habitudes, leur font perdre deux jours de visites à leur clientèle. Ils doivent écouter les laïus de Dupuis et des autres éditeurs que diffuse Libris, entendre des exhortations, des arguments, des plaintes qui ne changent guère d'une année à l'autre, subir les argumentations du chef des ventes, prêter une oreille distraite aux exposés plus ou moins habiles des auteurs.

À la pause café qui suit, Jean-Robert Dupuis s'efforce de rassurer Caradet :

— Vous avez de la chance : la Libris a su réunir une très bonne équipe de vendeurs. Ce sont des gens passionnés par leur métier. Ils lisent les livres qu'ils doivent promouvoir, conseillent les libraires. Ne vous inquiétez pas : attendez seulement qu'ils aient pris connaissance de votre roman et vu la couverture !

L'éditeur précise, avec mépris :

— Ce n'est pas comme l'équipe de Presse-Bouquins, une bande de mercenaires, que seul le hasard a le plus souvent faits vendeurs de livres plutôt que de machines à laver. Ce qui les préoccupe avant tout, ce sont leurs commissions, le montant de l'indemnité kilométrique qui leur est allouée, le remboursement de leurs frais d'hôtels et de restaurants. Comme ils représentent des éditeurs nombreux et trop variés, ils reçoivent chaque semaine une bonne centaine de livres : quand trouveraient-ils le temps de les lire, si même ils en avaient envie ? Ils se soucient peu de devoir argumenter pour tenter de promouvoir le roman d'un auteur inconnu auprès de libraires qui n'ont guère le loisir ou le goût de les écouter. Ce qu'ils préfèrent, ces représentants, ce sont les grosses sagas et les feuilletons télévisés qu'on dispose en pile sur les comptoirs, les prix littéraires qui se commandent à la douzaine, les albums qui procurent de gras pourcentages, les valeurs sûres qui se placent sans difficulté. Comme ils sont persuadés que dans tout lecteur il y a un cochon qui sommeille, ils souhaiteraient volontiers une femme nue sur chaque couverture. Vous avez la chance, Caradet, que les vendeurs qui défendront votre livre soient d'une tout autre trempe. Ce ne sont pas de quelconques produits qu'ils proposent : ce sont des LIVRES !

« C'est vrai, pense Caradet, L'ILLUSION mérite d'avoir sa chance. »

Il est sûr de lui : il a écrit un beau texte, même s'il n'a pas su en convaincre les représentants, et même si le premier roman d'un auteur inconnu n'excite guère vendeurs et libraires. C'est ce qu'il médite lorsque, après le brouhaha de la réunion, il se retrouve sur le trottoir luisant de pluie de la petite rue écartée du quartier Saint-Sulpice.

Il est seul. Il est triste. Il tente de se persuader :

— Dès qu'ils auront lu mon roman...

8

Un objet appelé livre

A QUI *demander conseil ?*
À nouveau face à son texte, dans sa petite chambre de Brioude, Caradet s'interroge. L'annonce de l'acceptation du manuscrit a étonné son entourage : son père est fier, son frère sceptique, Chantal triomphe.

Étienne dispose d'un mois pour remettre son texte définitif. Flambart ne le lui a pas caché : s'il ne veut pas compromettre la sortie du livre en septembre, l'auteur devra fournir un texte impeccable afin de ne faire, sur épreuves, que de minimes corrections. Déjà, a-t-il grommelé, ce court délai va l'obliger à sacrifier une partie de ses vacances. En outre, le contrat ne précise-t-il pas qu'au-delà de dix pour cent du texte, les corrections sur épreuves seront à la charge de l'auteur ?

Cotonnou a souligné avec ironie quelques négligences de style, répétitions et fautes de syntaxe. Il s'est montré moins précis sur la construction de l'ouvrage que, de toute évidence, il a parcouru en diagonale. Il a suggéré néanmoins quelques remaniements :

— Votre héroïne devrait être plus sensuelle. L'érotisme fait vendre. Et votre voyage à Limoges est bien banal. Pourquoi ne leur feriez-vous pas visiter Florence ? Les lecteurs aiment se cultiver au détour d'une intrigue. Vous devriez y penser.

Il a conclu, péremptoire :

— La tendance actuelle est de faire court. Les livres épais et chers marchent mal. Il faut couper cinquante pages.

Tailler dans ces feuillets qui t'ont coûté tant d'efforts, de nuits de veille, supprimer ces phrases travaillées, ces mots choisis avec scrupule, ces paragraphes enfantés dans la douleur ! Tu l'ignorais, Étienne Caradet, mais demander aux auteurs de réduire leur manuscrit de cinquante pages est depuis toujours l'un des tics de Cotonnou. Le directeur littéraire affirme que cette exigence est le meilleur moyen pour contraindre les auteurs à dépouiller leur style, rendre leur écriture plus dense, éviter les adjectifs superflus, biffer les descriptions qui ralentissent l'action, sacrifier les morceaux de bravoure, renoncer aux complaisances et gommer les arabesques.

Soucieux de livrer un texte parfait, Caradet se trouve désemparé. Qui peut l'aider ? Son père corrigerait les erreurs de syntaxe, mais aux dépens des audaces d'un style qu'Étienne a voulu moderne, quitte à violer parfois la grammaire. Et, par une sorte de pudeur, au moment où il va proposer son roman à des milliers de lecteurs, il renâcle à livrer son âme à nu à ceux qui lui sont proches. Chantal, d'une admiration inconditionnelle, est médiocre conseillère. Albert, le frère d'Étienne, qui achève ses études de médecine, ne possède aucune compétence littéraire.

— As-tu fait lire ton roman à Pressagny ? demande l'instituteur.

70

Vieillard portant beau, esthète retiré à Brioude, Maurice Pressagny vit entouré de livres et de souvenirs. Affable, courtois, disert, il aime évoquer le temps de sa jeunesse, lorsqu'il faisait la vie à Paris, fréquentait les surréalistes, dînait à La Coupole, et avait publié dans *Le Figaro* trois billets dont il a fait encadrer les coupures jaunies. La mort de son père l'a contraint à revenir diriger à Saint-Étienne la fabrique de soieries familiale, mais il n'a jamais perdu son aura de parisianisme.

Pressagny a lu le manuscrit :

— C'est fichtrement bien, ton bouquin, Étienne. Les éditeurs qui l'ont refusé sont des cons.

Caradet proteste : les temps sont durs, les éditeurs fort sollicités, et La Margelle a bien accepté de publier *L'ILLUSION*.

— Ce sont des ânes, je te dis. Imagine qu'à l'époque, personne n'a voulu publier mes holorimes, et, deux ans plus tard, ils découvraient René Char !

Il avait fait éditer son recueil de poèmes par *L'Idée mondiale*. Il lui en avait coûté une somme rondelette car il lui avait fallu couvrir, et sans doute au-delà, les frais de fabrication. Il avait ainsi rejoint la cohorte des auteurs trop crédules qui, abusés par une publicité ambiguë et cédant à leur orgueil d'écrivain, avaient sacrifié leurs économies afin que paraisse leur chef-d'œuvre. L'industriel stéphanois pouvait, lui, se payer ce luxe. Conformément au contrat qu'il avait signé, il avait reçu deux cents exemplaires, peut-être les seuls existants, car jamais Pressagny n'avait pu trouver son livre en librairie. Il avait offert l'opuscule à ses amis, à quelques journalistes de la presse locale, au rédacteur en chef de la revue *Les Amis d'Honoré d'Urfé*. Les publications régionales avaient consacré quelques lignes

71

aimables à ses poèmes. Il avait participé à des ventes, sans grand succès. Aujourd'hui, il lui reste encore une centaine d'exemplaires qui jaunissent dans le fond d'une armoire. Après en avoir dédicacé un exemplaire à Étienne, il conseille, fort de son prestige d'auteur publié :

— Ta Clémentine, c'est l'Arlésienne de ton roman, le personnage central, et pourtant elle apparaît à peine. Si tu la traitais encore plus en demi-teinte, toujours présente et jamais là, ton récit gagnerait en poésie.

Albert affirme :

— Si tu veux mon avis, ton personnage central, c'est Clémentine. Tu devrais mieux la mettre en valeur.

Cotonnou voulait de l'érotisme.

— Tu ne vas pas t'abaisser à faire du porno ! proteste Chantal. Tu laisses le lecteur imaginer, c'est très bien ainsi.

Albert :

— Médicalement, la mort de Lucien est invraisemblable.

Pressagny :

— Le voile de brume et d'irréalité dont s'entoure la mort de ton héros est un petit chef-d'œuvre. Il n'y a pas un mot à changer.

Tout ceci est bel et bon, pense Caradet, mais, dans un mois, il doit livrer son texte définitif, amputé de cinquante pages. Tu le découvres, Étienne, au milieu de tant d'avis contradictoires : le créateur est seul avec ses hésitations, ses scrupules, ses cas de conscience, ses remords. Qui a tort ? Qui a raison ?

Étienne bute sur un autre obstacle : son oncle Raymond lui a fait cadeau d'un ordinateur avec traitement de texte que son entreprise remplace par un

72

matériel au dernier cri de l'informatique. Le nouvel écrivain a débarqué à Brioude tout fier de son équipement qui, pensait-il, allait lui simplifier le travail et le placer à la fine pointe des techniques de l'écriture. Mais il patauge dans les codes, se perd dans les programmes, se heurte aux réticences de l'accès au disque dur. Par une fausse manœuvre, il a effacé de sa disquette tout un chapitre de L'ILLUSION qu'il a fallu retaper.

Chantal, brave fille, est intervenue, a guidé ses premiers pas, expliqué les arcanes de l'instrument. Étienne a maintenant acquis la maîtrise de son appareil. Après la dureté des touches de sa vieille Underwood, il apprécie la douceur du clavier et, devant son écran, déroulant son livre page après page, il joue avec les facilités de l'électronique, efface, déplace, développe, raccourcit, met en mémoire, refait le quatrième chapitre pour s'apercevoir qu'il se raccorde mal au précédent. Contraint de retravailler le chapitre III, il réécrit peu à peu presque tout le livre. Cotonnou a demandé de couper cinquante pages : Caradet supprime des paragraphes entiers, résume ici, et parfois reprend l'ancien texte où l'émotion courait à fleur de page.

Amoureux des personnages qu'il a créés, le petit romancier refuse de modifier sa Clémentine, et il n'est jamais allé en Italie. Pour donner un semblant de satisfaction au directeur littéraire, il ajoute quelques étreintes et remplace Limoges par Aix-en-Provence. Il ne peut faire mieux.

Exalté, épuisé, déprimé, glorieux, abattu, Étienne polit son texte, bien forcé d'admettre que cet emmerdeur de Cotonnou a raison : son roman amputé de quarante-deux pages a gagné en vigueur, en intensité. Mais il faut arrêter : la date fatidique est déjà dépassée.

« Si j'avais le temps, je pourrais encore fignoler »,
soupires-tu.

C'est exact. Un texte n'est jamais achevé. Un livre
n'atteint jamais la perfection. Sauf le prochain auquel
tu penses déjà.

Le 26 juin, avec seulement une semaine de retard, le
nouveau manuscrit est expédié. Le 20 juillet, comme il
en a été convenu, Étienne Caradet débarque à Paris
afin de corriger les épreuves :

— Indispensable, a exigé Flambart, si vous voulez
que votre livre sorte en septembre.

L'appartement du boulevard Suchet est vide : l'oncle
Raymond et la tante Jeanne sont en vacances dans leur
maison de l'île de Ré. Ils ont confié les clés au gardien
et laissé le grand duplex à la disposition de leur neveu.
Paris, déserté par ses habitants, est livré aux hordes de
touristes. Les bureaux des Éditions de La Margelle
semblent à l'abandon :

— M. Flambart est en congé, annonce une hôtesse
de remplacement.

— Il m'avait dit qu'il restait pour s'occuper de mon
livre.

— Il n'est parti que pour quelques jours.

Flambart appartient à cette catégorie de martyrs qui
déclarent, en soupirant, sacrifier leurs vacances et ne
jamais parvenir à s'échapper plus de quelques jours.
Mais si souvent que, si l'on comptait, on découvrirait
que, de quelques jours en ponts prolongés, ils sont
absents deux mois par an.

— Mlle Nicolle est là, si vous voulez la voir.

Mlle Nicolle est restée pour assurer la fabrication

d'un album illustré qui doit paraître pour la fin de l'année.

– *L'ILLUSION* ? J'en ai vaguement entendu parler, dit-elle en cadrant une photo. En tout cas, je n'ai pas reçu les placards. Revenez la semaine prochaine, Flambart sera rentré.

– Je passerai chaque jour. Je dois corriger les épreuves dès qu'elles arriveront. C'est urgent.

La metteuse en pages, blasée, hausse une épaule sans cesser de coller un placard sur sa maquette.

Tu râles, Étienne. Dupuis est en vacances. Cotonnou est en vacances. Flambart est en vacances et ton livre prend du retard. À cause de la négligence de ton éditeur, tu vas manquer le Médicis ou le Femina et, à La Margelle, tout le monde s'en fout.

– J'aurais mieux fait d'attendre la décision de Francitare, songes-tu. Tout le monde ne part pas en même temps, chez Francitare.

Erreur, Caradet. La vie s'est arrêtée chez Francitare comme chez Delmond, comme aux Éditions de l'Absolu. Dès le 14 juillet, l'édition se met en sommeil. Le 1er août, elle émigre. Elle se transporte dans le Lubéron, en Grèce ou en Lozère. Étienne a tenté de joindre Bréval :

– Il est à Spetsai.

Tant pis, tu ne déploieras pas devant lui tes plumes toutes neuves de paon littéraire.

Sous prétexte de le remercier de son billet, le candide écrivain essaye de rencontrer Richard :

– Si c'est urgent, vous pouvez le joindre vers dix-neuf heures, tous les soirs, à Pampelonne, au Club 55.

Caradet traîne son impatience dans les rues d'un

Paris polyglotte transformé en port de mer par des bataillons de visiteurs en short. Enfin, un matin :

— Elles sont arrivées !

Mlle Nicolle brandit une grosse enveloppe brune. Elle s'inquiète :

— Vous savez corriger des épreuves ?

Brave fille, masquant son agacement face à cet amateur, elle remet au jeune auteur un document indiquant les codes en usage dans l'imprimerie, ces signes cabalistiques qui signifient : remplacer, ajouter, supprimer, inverser, rapprocher, écarter... Elle ajoute :

— Vous avez un stylo rouge ?

Caradet emporte son trésor, pincée de feuillets précieux comme des billets de banque. Il parcourt les rues, de boutique close en papeterie fermée pour congés, à la recherche d'un stylo à bille à pointe fine et qui écrive en rouge. Il peut enfin, dûment équipé, étaler sur la table, dans l'appartement silencieux, les placards si longtemps espérés. Sur la première page est centré, en lettres capitales :

L'ILLUSION

et, au-dessous, en italique et caractères minuscules :

Roman

Tu es déçu : ton nom n'y figure pas. Sans doute l'éditeur attend-il le pseudonyme que tu te choisiras.

La transcription de ton manuscrit en caractères typographiques t'enchante, t'inquiète, te déroute. Tu avais quitté une copine en jean, aux cheveux ébouriffés, que tu n'hésitais pas à bousculer ; tu retrouves une jeune fille en robe longue, cheveux ordonnés, visage lisse, maintien austère. Est-ce la même ?

Caradet scrute les phrases qu'il a écrites. Le texte désormais imprimé prend ses distances. Est-ce bien lui qui a trouvé ces mots, ordonné ces phrases ? Son œuvre lui appartient-elle encore ?

Tu lis, Étienne, avec des ravissements, des étonnements, une pudeur de puceau devant sa première femme nue. Oseras-tu porter la main sur ce livre figé par la typographie ? Tu es désorienté, angoissé, inquiet : les pages que tu as fournies te paraissaient proches de la perfection. Voici que tu ne sais plus l'orthographe, qu'il te faut consulter un dictionnaire. Un mot te choque, un paragraphe te déplaît... Il est trop tard pour le modifier. Flambart a insisté : « Pas de corrections d'auteur ! » Tu retiens ta plume sacrilège. La nuit vient. Puis l'aube blêmissante de remords et de regrets, de scrupules et d'atermoiements. Ce terme n'est-il pas impropre ? Quel autre lui substituer ? Le lecteur y sera-t-il si attentif ? Peu importe : avec une honnêteté d'artisan, Caradet exerce son ultime pouvoir. Le lecteur ne remarquera sans doute pas un bonheur d'expression, mais il buterait sur une maladresse.

Cher Caradet, ta fille va faire son entrée dans le monde. Tu la veux aussi belle que tu as pu la créer. Elle part à la conquête du Tout-Paris des lettres. Séduira-t-elle ? Restera-t-elle ignorée, délaissée, dans un coin d'ombre ? Qui remarquera sa beauté, la prendra par la main, l'attirera vers la lumière, clamera qu'elle est superbe et digne d'être aimée ?

Ton enfant va t'échapper. Jeune épousée qui part pour son voyage de noces, elle ne dépend plus de toi que pour quelques heures : devant ton jeu d'épreuves, tu lisses, nettoies, hésites encore. Ajouteras-tu cette parure ? Dépouilleras-tu la robe de cette fanfreluche ?

Étienne court rendre les épreuves comme un avare porte son or à la banque, le cœur saignant mais brûlant de l'espoir de décupler son avoir.

Flambart revient enfin :

— Je vais vous montrer les projets de couverture.

Il dresse, sur une étagère, trois dessins.

Gonfle-toi d'orgueil, Caradet : c'est pour toi qu'un artiste a conçu ces œuvres, donné une figure à tes personnages. Garde tes illusions. Continue à ignorer que l'illustrateur a gagné en une journée autant d'argent que ce que rapportent six mois d'écriture. Si cette injustice te choque, deviens dessinateur. Avec le même talent.

Tu examines les projets. Tu es déconcerté. Dans ton esprit, la littérature s'habille d'austérité : le nom de l'auteur, le titre du livre, l'indication de l'éditeur écrits dans un graphisme sobre suffisent. Comme dans la prestigieuse série bleue de Francitare.

— Pour vendre trois cents exemplaires à des initiés, peut-être, admet Flambart en haussant les épaules. Mais pour atteindre un vrai succès, croyez-en mon expérience, il faut être racoleur.

Trop, estimes-tu, en détaillant le projet montrant un visage de femme :

— C'est Clémentine ? Je ne la voyais pas ainsi.

— Saoutchinnik est un merveilleux graphiste. Votre Clémentine a l'air de vous scruter au fond des yeux. Quand elle sera dans une vitrine, elle accrochera le regard des passants.

Tu trouves, toi, qu'elle a l'air d'une putain. Mais tu ne le dis pas pour ne pas vexer Flambart qui semble si

content de lui. Sur l'autre esquisse, Clémentine et Lucien enlacés évoquent un mauvais mélo. La troisième, élégante et discrète, te plaît beaucoup. Flambart l'élimine d'emblée :
— Pas vendeur !
Tu regrettes aussi que ton nom figure en bien petites lettres. Comment suggérer de le grossir sans paraître vaniteux ?
— Vous ne pensez pas que, pour l'équilibre général...
Flambart, accoutumé à la paranoïa des auteurs, va droit au but :
— Votre nom ? Vous ne le trouvez pas assez gros ?
— C'est-à-dire... bafouilles-tu.
— Pas de pseudo ?
— Non.
— Je n'ai pas eu le temps de lire votre livre. Il paraît qu'il est bon.
Flambart sort d'une chemise plusieurs graphismes, de tailles différentes, en divers caractères. Il les dispose, les glisse, les oppose, décide :
— Celui-ci, sans aucun doute.
Avec timidité, le petit écrivain hasarde :
— Ne serait-il pas possible que la femme ait un air... euh... moins aguichant ?
— On ne va pas en faire un laideron ! Si je renvoie la couverture à Saoutchinnik, il va la garder un mois. Et de toute façon, il est en vacances, impossible à joindre. Nous n'avons pas le temps. Alors, celle-ci ?
Tu acquiesces, à contrecœur. Tu tentes de te rassurer : Flambart, avec son expérience, doit avoir raison. Dommage : tu aimais beaucoup le troisième projet. Flambart, pour te consoler, t'en fait cadeau.

Étienne s'enhardit à demander :

– À combien d'exemplaires allez-vous tirer ?

– Dix mille, affirme Flambart. Mais soyez sans inquiétude : si votre livre marche bien, il suffit de vingt-quatre heures pour effectuer un nouveau tirage.

Au moment où Caradet va partir, le directeur du service artistique l'arrête :

– Vous avez pensé à la quatrième ?

Étienne écarquille les yeux.

– La quatrième de couverture, précise le directeur artistique.

– C'est moi qui dois l'écrire ?

– On n'est jamais si bien servi que par soi-même ! Il faut douze cents signes, pas plus. Vous pourriez me donner ça demain matin ?

– J'essayerai.

– C'est important. Avant midi. Douze cents signes.

Comme il aurait dit : « Faites-moi cent lignes ! »

Jamais le candide écrivain n'avait imaginé qu'il incombait aux auteurs de forger ces textes à leur propre gloire.

Souviens-toi, Étienne, toi qu'habite la passion des livres, toi qui économises sordidement le prix d'un volume convoité deux mois durant, combien d'heures as-tu rôdé dans les librairies ? Humant l'odeur âcre de l'encre fraîche, du papier neuf, tu errais le long des comptoirs, les poches et le ventre vides, l'œil aux aguets. Une couverture, un titre, un auteur t'attiraient. D'un geste, tu saisissais l'ouvrage et le retournais : le texte, sur le dos de la couverture, disposait d'un instant pour capter ton attention, te séduire, tout te dire. Tout. Pendant une minute, le livre avait vécu, s'était réchauffé dans ta main. Tu le reposais, et il redevenait un objet inanimé.

Un instant pour convaincre. En douze cents signes. Avant demain midi. Repris par tes habitudes d'écrivain-marcheur, tu déambules le long des quais de la Seine. Aux éventaires des bouquinistes, tu étudies d'un œil critique ces textes qui, en vingt lignes, tentent de racoler en masquant d'élégance leur vulgaire invite. Est-ce bien à toi, Caradet, de céder à ces compromissions hypocrites ? Tu as honte. Mais, comme a dit Flambart, qui le fera, sinon toi ? Qui, mieux que toi, connaît ton œuvre ?

À nouveau confronté avec la page blanche, la plume paralysée par la dimension de l'enjeu, tu traces enfin quelques phrases maladroites. Comment résumer en un demi-feuillet les trois cents pages du roman ? Raconter l'histoire en ôterait tout le charme. Ne suffirait-il pas d'écrire : *Lisez ce livre, j'y ai mis le meilleur de moi-même ?*

Lorsqu'il sera dans les devantures des librairies, le volume, avec sa femme au regard enjôleur, n'évoquera-t-il pas les vitrines d'Amsterdam ? Que proposera le texte imprimé au dos, sinon : « Tu viens, chéri ? » Étienne Caradet, tu entreprends d'exercer un drôle de métier !

Biffant, froissant, déchirant, le jeune auteur souffre mille affres délicieuses. Il veut trop en dire. Les douze cents signes ne suffisent pas. Il supprime une phrase : le texte ne signifie plus rien. Il tente une autre approche, tergiverse sur le choix d'un mot. Pas à pas, il progresse, polit la forme, aboutit à un résultat qui le satisfait. Il court porter à Flambart son petit chef-d'œuvre.

– Voyons !

Flambart compte les signes. Le premier critère, c'est l'encombrement, le nombre de lignes qu'exige la mise en page.

Flambart fait les gros yeux :

– Douze cent cinquante signes ! Il faut couper deux lignes.

– J'ai essayé. C'est impossible.

– Tant pis, soupire Flambart. Je m'arrangerai. De toute façon, Cotonnou reverra votre projet. Et les rabats ? Vous avez pensé aux rabats ?

Non, Caradet n'a pas pensé aux rabats. Pourquoi l'aurait-il fait ?

– Il suffit de quelques informations, pour vous présenter aux lecteurs. Par exemple : *Étienne Caradet, qui vient d'achever de brillantes études...*

– Oh ! brillantes...

– Les études sont toujours brillantes, la nécessité absolue et l'impératif catégorique, tranche Flambart qui reprend : *... de brillantes études et entreprend avec éclat une carrière d'écrivain. L'ILLUSION est son premier roman.*

Il tend à Caradet une feuille vierge :

– Écrivez-moi quelque chose dans ce genre-là. On le mettra sous votre photo. Vous l'avez ?

Personne ne lui a dit qu'il fallait une photo. Il sort de son portefeuille une de ces prises de vue fabriquées par une machine automatique. Est-ce cette image, Étienne, que tu souhaites proposer à l'admiration de tes lecteurs ? Espères-tu séduire tes lectrices avec ton air hébété et tes yeux vides ? Malgré l'urgence des délais, Flambart repousse le médiocre cliché :

– Vous n'avez rien d'autre ? J'espère que Graz est là.

82

Deux heures durant, face à l'objectif de Graz, tu vas tenter, pauvre Étienne, de prendre l'air intelligent. Farfadet de la pellicule, le photographe exécute autour de son sujet une sorte de danse du scalp, s'accroupit, grimpe sur une chaise, s'agenouille, donne des ordres. Assis devant un guéridon du Café de Flore, tu fais semblant d'écrire avec un visage inspiré. Sur fond de feuillage dans le jardin du Luxembourg, tu t'évertues à prendre un air romantique. Devant la cascade de la place Saint-Michel, tu tentes de cacher que tu as envie de pisser. Graz cadre en gros plan une partie du visage, et tu prends l'air ironique. Les passants observent la séance, ricanent. L'épreuve ne s'achève que lorsque l'artiste est à bout de son rouleau, et toi de ridicule.

Le lendemain, le photographe apporte une dizaine de tirages. Tu croyais avoir l'air inspiré, Étienne, et tu sembles surtout constipé ; ironique et tu parais fat ; romantique et, pardonne-moi, je te trouve l'air con. C'est d'ailleurs cette photo-là, justement, que Flambart sélectionne :

– C'est la plus naturelle.

L'orgueil d'écrire, Étienne Caradet, s'accompagne de constantes leçons de modestie.

C'est alors que tu aperçois, sur un coin de bureau, le jeu d'épreuves que tu as corrigées voici près d'une semaine, et que tu t'étais empressé de rapporter.

– Elles ne sont pas parties ? t'étonnes-tu, naïf.

– Heureusement. Regardez tout ce que vous aviez laissé passer.

Ce texte que tu as relu, dont tu as cru peser chaque virgule, le voici zébré de traits rouges. Tu apprends que corriger est un métier. Entraîné par le mouvement du texte et le souci du style, tu n'as rien vu des pluriels oubliés et des accents incorrects.

— Tout part ce soir, assure Flambart.

— Quand paraîtra-t-il ?

Le directeur artistique consulte un tableau :

— Il est programmé pour l'office du vingt.

Caradet ignore ce que signifie l'expression et prend un air entendu. Qu'est-ce que cet office ? Une manière de cuisine littéraire ? Et ce vin ? Une sorte de cocktail, pour le lancement du livre ? Étienne n'ose interroger. Flambart s'est replongé dans ses calculs de formats, choix de grammage, étude des prix de revient. Il n'a plus besoin de l'auteur. Lui, il fabrique des livres, parallélépipèdes en papier bouffant quatre-vingts grammes sur lequel un atelier de province, et parfois de l'étranger si le prix y est avantageux, imprime un texte photocomposé en Elzévir corps 10, interligné deux points, et dont la longueur, pages de titres, faux titres et pages de garde comprises, tient en huit cahiers brochés sous couverture tirée en offset quatre couleurs sur carte couchée 170 grammes. L'important n'est pas l'écrivain, c'est le prix de revient. Et la livraison à temps pour l'office du vingt de cet objet appelé livre.

Toi, Caradet, l'auteur, merci, tu peux disposer. L'éditeur, pour le moment, n'a plus besoin de toi.

9

Prière d'insérer

SOIS raisonnable, Étienne : l'éditeur n'a vraiment plus besoin de toi.

Anxieux, nerveux comme un père qui attend la naissance de son premier-né et hante les couloirs de la maternité, tu promènes dans le quartier ta longue figure de géniteur importun. De loin, tu épies la façade de l'immeuble derrière laquelle opèrent les accoucheurs de ton œuvre.

Paris, en ce début de septembre, se repeuple. Jean-Robert Dupuis est revenu. Tu tentes de le voir ; sa secrétaire t'éconduit :

— Avec la rentrée, il est très occupé. Voyez plutôt Cotonnou.

Cotonnou n'a pas le temps :

— Voyez Flambart.

Flambart lève à peine la tête :

— Pour moi, votre livre est fini. Voyez Linda.

Linda est toujours en vacances.

Louis-Philippe Richard, lui, est de retour à Paris. Étienne Caradet le rencontre par hasard place Saint-Sulpice.

– Que devient ton bouquin ? (Tiens, on se tutoie.)

– Il paraît dans quinze jours.

– Formidable ! Je suis content pour toi. Chez qui ?

– La Margelle.

– Pas mal du tout, La Margelle (sous-entendu : évidemment, c'est moins bien que Delmond). Dupuis ne t'a pas proposé un trop mauvais contrat ?

Tu l'apprendras bientôt, Caradet : lorsque deux écrivains se rencontrent, de quoi crois-tu qu'ils parlent ? De littérature ? Des grands courants de la pensée contemporaine ? D'un texte magnifique qu'ils ont découvert ? Du dernier livre qu'ils ont aimé ? Non : neuf fois sur dix, ils s'entretiennent de droits d'auteur, de pourcentages, d'à-valoir, de leurs tirages (sur lesquels ils bluffent avec effronterie), des critiques qu'ils ont obtenues, de leur passage à la radio et à la télévision, et, en conclusion, de leurs rancœurs envers leurs éditeurs qui ne s'occupent jamais assez d'eux, qui jamais ne leur accordent toute la considération que mérite leur immense talent.

Le petit écrivain plastronne :

– Dupuis m'a fait un contrat très correct. Les conditions habituelles.

– Dix et douze ?

– Oui, ment Caradet.

– Tu as obtenu un bon à-valoir ?

– Pour un premier livre, je ne pouvais me montrer trop exigeant.

Erreur, Étienne ! Il fallait demander le plus d'avance possible sur tes droits d'auteur à venir. Le moment de la signature du contrat est la seule occasion où tu sois, face à ton éditeur, dans une position forte. Il a envie de ton livre. Il est prêt à consentir des sacrifices pour empêcher un concurrent de signer avec toi. Un éditeur est par définition un joueur. Comme il te l'a dit et répété, au risque de radoter, il parie sur un auteur, un texte, un tirage, une présentation, un prix de vente, un public. Plus il a misé gros et plus il se passionne pour le résultat. La récupération d'une forte avance exige de vendre un nombre élevé d'exemplaires : la maison sera mobilisée, les représentants motivés, les libraires courtisés, la publicité développée. Un faible à-valoir s'accompagne d'un tirage réduit : le livre devra assurer seul, dans l'indifférence générale, sa modeste carrière. « C'est un petit coup », admet l'éditeur.

Mieux encore : c'est avant d'avoir écrit la moindre ligne qu'un auteur confirmé se trouve dans la situation la plus favorable. Lorsque son texte est achevé et que, sans contrat préalable, il le propose, cette erreur tactique l'a déjà mis dans une position moins aisée.

Tu n'en es pas là, Caradet, mais si tu voulais que ton éditeur s'intéresse à ton livre, il fallait tenter d'obtenir, sur tes droits à venir, un à-valoir substantiel. D'autant plus que c'est le seul argent que, selon toute probabilité, un jeune auteur recevra. Mais comment deviner quel montant maximum l'éditeur consentira à verser ? C'est simple : le double. Dupuis proposait dix mille. Il fallait demander vingt mille. Le double, toujours. Tu seras étonné de la facilité avec laquelle l'éditeur donnera son accord.

Mais, candide écrivain, tu restes persuadé qu'il ne fallait pas te montrer trop exigeant. Hypocrite, Louis-Philippe Richard approuve. Il conclut, amical :

— Envoie-moi ton bouquin.

La feinte cordialité de Richard ne doit pas t'abuser, Étienne : pour le jeune directeur de la collection

« Radiguet », tu es désormais un concurrent, un adversaire qui risque de lui manger du tirage, de mobiliser de la place dans les rubriques littéraires et, peut-être, de lui prendre des voix. Car Richard te l'a caché, mais lui aussi a un livre qui sort à la fin du mois. Et son second roman sera candidat au Médicis, au Femina...

Ainsi, Jean-Robert Dupuis n'a pas de temps à te consacrer, n'a accordé que huit pour cent de droits et un faible à-valoir : l'écrivain dépité se demande s'il n'aurait pas dû patienter jusqu'à la décision de Francitare.

Il se sent désœuvré, inutile, importun.

Tout change, soudain. Un billet de Linda, hâtivement griffonné, dit : *J'ai besoin de vous*.

Linda ! Tu éprouves dans tout le corps, Étienne, les picotements du désir. Linda : ses yeux verts insistants, sa peau laiteuse de rousse, la pression de ses doigts... Elle écrit : *J'ai besoin de vous*. Elle le répète, de sa voix rauque de fumeuse, lorsque Caradet entre dans son bureau, haletant d'émotion :

– É-tienne ! Quel bonheur ! J'ai besoin de vous. Vous ne quittez pas Paris, n'est-ce pas ? Il faut ab-so-lu-ment que je vous aie sous la main.

Le regard du garçon exprime sans ambiguïté qu'il ne demande pas mieux que de se trouver à portée de la main de la jeune femme. Elle roucoule :

– J'ai *beau*coup aimé votre livre. Julien est un personnage *si* émouvant. Je suis *sûûûûre* que ça va très bien marcher. Je vais m'occuper de vous.

Enfin, quelqu'un à La Margelle se soucie de ton livre, Étienne.

– Un roman, cela se travaille. J'ai envoyé un jeu d'épreuves à une dizaine de critiques que je connais *parfaitement* bien, en leur recommandant de les lire. Ils vont le faire. Je les appellerai dans deux ou trois jours. De votre côté, qui connaissez-vous ?

   — À vrai dire, pas grand monde. Louis-Philippe Richard...

   — Il ne vous aidera pas. Pourquoi le ferait-il ? Vous savez qu'il sort un nouveau roman ?

   — Il me l'a dit, ment Caradet.

   — Qui d'autre ?

   — Bréval.

   — Il est chez Francitare. Ne comptez pas sur lui.

Petit provincial aventuré dans la jungle parisienne, tu ne disposes d'aucune relation. Heureusement, il y a Linda.

   — Je vais avoir besoin de vous, insiste-t-elle. Pour les signatures, les interviews, la radio, la télévision. C'est *très* important.

Elle pose sur toi un long regard de ses yeux verts.

Rester à Paris, estimes-tu, est indispensable. Non seulement à cause de Linda, de ses exigences et de sa séduction, mais aussi, crois-tu, pour assurer le succès de ton roman et construire ta carrière dans la littérature.

Le naïf écrivain a emménagé dans une soupente de la rue Jacob et prospecté les collèges : quelques cours d'anglais lui laisseront des loisirs tout en lui permettant — tout juste — de subsister en attendant la manne des droits d'auteur. Avec le second versement de l'à-valoir, il s'est acheté un costume de velours.

Étienne s'attarde volontiers dans le bureau de Linda. « Dois-je la draguer ? » se demande-t-il, autant par concupiscence que par intérêt, tandis que la jeune femme, allumant une cigarette après l'autre, tient d'interminables conversations téléphoniques avec de mystérieux correspondants. Lorsque, agacé, il se lève et fait mine de partir, elle lui enjoint de se rasseoir d'un geste impératif accompagné d'une moue. Ému, il croit y deviner l'esquisse d'un baiser, tandis qu'elle susurre dans l'appareil :

— An-toine...

Pauvre Étienne ! À la façon dont elle minaude « An-toine », elle a déjà quelqu'un dans sa vie. Qu'allais-tu imaginer ?

— Oh ! An-toine... C'est vrai ?... C'est mer-veil-leux... Je t'adore... Super ! Ce soir à neuf heures ? Au même endroit que d'habitude ? Okay-d'accord.

Elle murmure de sa voix la plus chaude :

— À tout à l'heure. Je t'embrasse.

Elle raccroche, explique :

— C'est Antoine Radis-Selles, vous savez, l'émission « Point-Virgule ». Il va me faire passer un auteur.

— Pensez aussi un peu à moi.

— Je ne pense qu'à vous.

Le téléphone sonne à nouveau.

— Be-noît ! Tu as eu mon message ? Tu es libre pour déjeuner ? Ma-gni-fique.

C'est donc un Benoît qui a conquis son cœur ? Non. Benoît est l'un des chroniqueurs de *L'Univers littéraire*.

— *Très* important, souligne Linda en posant gentiment sa main sur celle d'Étienne.

Attend-elle une invite ? Osera-t-il ?

Autant te prévenir avant que tu ne te rendes ridicule : le cœur de Linda n'est pas à prendre. Son corps non plus. Un homme a conquis la jeune femme, l'a épousée, puis l'a abandonnée. Avec un enfant. Délaissée, divorcée, Linda (qui, en réalité, s'appelle Jeannine) s'est blindée. Les mecs, elle en a soupé.

Elle se bat pour survivre, pour élever son fils, avec les armes dont elle dispose. Son regard langoureux, sa voix rauque, ses mots doux : des outils de travail. Profession : séductrice.

Pourquoi en prendrais-tu ombrage puisque c'est pour toi qu'elle déploie ses charmes ? Mieux encore : pour ton livre. Elle t'admet même parmi ses intimes en adoptant le tutoiement. Pourtant, tu t'inquiètes :

— As-tu pu joindre les critiques à qui tu as envoyé des épreuves ?

— Demain ! Je ne fais que cela *demain*. Je n'ai pris aucun rendez-vous. Je te consacre ma journée.

Le lendemain soir :

— Je n'ai pas eu une minute. Le téléphone a sonné sans arrêt. Demain, je m'en occupe. Juré !

Le jour suivant :

— J'ai essayé d'avoir Benoît, il est en province. Jean Machon m'a promis de lire L'ILLUSION pendant le week-end. Il ne faut pas non plus que les critiques paraissent alors que le livre n'est pas encore en vente.

Linda a raison. Elle connaît son métier. Elle pense à toi. Elle l'a dix fois affirmé. Ce n'est pas comme pour ce pauvre Fernoli : devant toi, dans le bureau de l'attachée de presse, il gémit :

— Mon livre n'est en vente nulle part. Une dizaine de personnes m'ont dit : « On ne trouve pas votre roman. » J'ai vérifié : il n'est ni à la FNAC, ni à la librairie des Arcades. Et au Divan, je l'ai découvert par hasard dans le rayon des sciences occultes.

— Je le signalerai au commercial, affirme Linda.

— Giraudet m'a consacré une critique très élogieuse à Radio Saint-Marin. Et une lectrice m'a écrit, tenez, lisez vous-même : « *J'ai passé la nuit avec vous.*

Impossible de quitter votre livre avant la dernière page. Je vous ai dévoré. » Vous entendez : dévoré ! Vous aviez promis de me faire passer à la télévision...

— Je ne m'occupe que de cela.

Fernoli sort de la pièce, gonflé de promesses et d'espoir. Étienne échange un sourire de connivence avec Linda qui ricane :

— S'il se figure que j'ai lu son bouquin ! Il paraît que c'est ennuyeux à mourir...

Fernoli est revenu. Il avait oublié son porte-documents. Linda s'en avise, enchaîne :

— ... ce n'est pas comme le très bon livre de Fernoli.

Comment savoir, Caradet, si, dès que tu as franchi la porte, Linda ne traite pas ton roman avec un égal mépris ? Non, pas *L'ILLUSION*. Puisqu'elle l'a lu, l'a aimé. Elle te l'a encore répété hier soir :

— J'adooooore. Attends que le livre soit sorti.

Pour l'instant, l'attachée de presse est débordée. *Les Papillons du Brésil* vient de paraître : cet album illustré, tout en couleurs, représente pour La Margelle un lourd investissement et un gros espoir de vente pour la fin de l'année. Toute la maison est requise pour concourir à son lancement :

— Dès que j'en ai terminé avec *Les Papillons*, je ne m'occupe plus que de toi, promet Linda qui s'inquiète :

— Tu passes bien, à la télé ?

Comment le saurais-tu ?

— Et le « Prière d'insérer » ? interroge Étienne.

— Tu as par-fai-te-ment raison. Il faut y penser.

Dans nombre de maisons d'édition, le « Prière d'insérer », texte adressé aux journalistes en spéculant sur leur paresse ou leur manque de temps, est remplacé par un bulletin envoyé aux libraires, aux journaux et aux magazines, ou par une insertion publicitaire dans une revue spécialisée, ou tout simplement supprimé. La Margelle, toutefois, perpétue l'usage du « Prière d'insérer ».

Qui, Étienne Caradet, en rédigera le texte ? Tu n'as pas deviné ? Linda, elle, le sait :

— Une vingtaine de lignes, É-tienne. Tu pourrais me les donner après-demain ?

Elle ajoute, enjôleuse, en détachant les mots :

— S'il *te* plaît...

10

Lorsque l'enfant paraît

P ASSEZ demain, nous aurons du complet, a annoncé
Flambart.

Le lendemain, Jean-Robert Dupuis, tout sourire,
accueille Caradet dans son bureau :

— Les premiers exemplaires sont attendus d'un
moment à l'autre.

La porte s'ouvre. Flambart fait son entrée. Il arbore
le visage satisfait du praticien heureux. Avec une
tendresse de sage-femme, il tient dans ses mains le
nouveau-né. Avec précaution, à gestes doux, il le pose
devant Jean-Robert Dupuis qui se soulève à demi de
son fauteuil pour mieux voir. Pour un peu, Flambart
annoncerait :

— C'est un garçon.

Tous deux le contemplent et, derrière leurs dos, toi,
Étienne, toi, le père, tu as beau te tordre le cou,
tu n'aperçois que la tranche. Les deux experts se
congratulent :

— Il est bien.

— La couverture plaira.

Dupuis prend dans ses mains l'objet, le retourne, le

palpe, le soupèse, puis, à pas lents, se dirige vers la cheminée, y place le livre, debout. Enfin, Étienne, tu peux le voir.

L'ILLUSION

C'est écrit sur la couverture, avec cette clé magique ouvrant la porte de la fiction : « roman ». Au-dessus éclate en lettres beiges :

ÉTIENNE CARADET

Un peu trop discrètes, les lettres, et dans une tonalité trop pâle, persistes-tu à penser. Tu oses approcher. Tu contemples. Le visage que l'illustrateur a donné à Clémentine continue de t'agacer.

— Elle est très belle, affirme Dupuis.

Il doit avoir raison. C'est lui, l'éditeur, qui officie : l'objet du culte est dressé, entouré de son grand prêtre, du diacre et du sous-diacre. Étienne s'approche, ému. Dupuis plaisante :

— Vous pouvez toucher.

Étienne Caradet avance une main tremblante, saisit le livre. Sur le dos est répété son nom, le titre, l'esquisse du puits symbolisant La Margelle et qui couvre l'œuvre de sa caution. Sur la quatrième page de la couverture sont reproduites ces phrases qu'il a conçues, limées, polies. Il relit. Soudain, son cœur s'arrête de battre : le beau bébé a six doigts. Une faute d'impression défigure l'enfant. Personne ne l'avait remarquée. Elle saute au visage de l'auteur. Il ne voit plus qu'elle :

— Là... là... bégaye Caradet en montrant l'erreur.

Dupuis se penche, toise Flambart qui ne peut que balbutier :

— En effet.

— Vous allez corriger ?

— Certes, affirme l'éditeur qui, après un temps, ajoute : dès la prochaine édition.

— Mais pour la première ?

— Je crains que nous ne puissions plus rien faire. Mais ne vous inquiétez pas. Il n'y a pas dix personnes qui remarqueront cette coquille. Ce n'est pas elle qui empêchera le livre de se vendre.

Le candide écrivain entrouvre le volume, découvre sur le rabat sa photo : ce n'est pas celle qu'il était convenu de choisir :

— Il me semble que si, affirme Flambart, faux jeton, qui s'empresse d'ajouter : le texte qui vous présente est parfait !

— Tout à fait, renchérit Dupuis.

Une autre surprise attend Caradet : à la fin de son texte figure une page de publicité pour d'autres livres publiés par La Margelle. De quel droit ?

— C'est l'usage chez nous. Chacun s'entraide. Vous-même en bénéficierez dans les prochains ouvrages que nous publierons.

— Si c'est l'usage...

— Je ne peux vous donner ce livre. C'est le seul exemplaire que nous possédions, broché à la main.

Tu reposes avec soin, Étienne, ce volume unique. Pour un peu, tu esquisserais une génuflexion. Tu sors à reculons, à petits pas, les yeux fixés sur ton livre dressé sur la cheminée comme sur un autel, et exposé, seul, comme le saint sacrement.

Malgré la couverture qui racole et la faute qui défigure, ton cœur est gonflé de bonheur et de vanité.

Enfin, il est à toi ! Flambart t'en a remis un exemplaire, *ton* exemplaire. Tu t'en empares. Tu l'emportes jusqu'à ta soupente pour en jouir ton content. Tu le contemples, le retournes. Tu t'amouraches même de ce léger défaut qui devient coquetterie, grain de beauté sur la peau du livre. Tu caresses la couverture. Tu poses tes lèvres sur l'image de Clémentine. Étendu sur ton lit, tu presses le volume sur ta poitrine. Tu écartes la page de garde, dévoiles le faux titre. Dans un crissement de la reliure, tu tournes les pages comme on entrouvre un corsage. Tu aperçois le premier chapitre comme on découvre la blancheur d'un sein. Le papier émet un bruit doux. Tu lis. C'est toi. Ces mots, c'est toi. Ces personnages, c'est toi. Clémentine, c'est toi. C'est le texte que tu as créé et que tu savoures avec lenteur, avec volupté, prolongeant ton plaisir sous des prétextes hypocrites.

Achevé d'imprimer... C'est ainsi : ton roman a été imprimé. Demain, il sera dans toutes les librairies. Après-demain, aux yeux du monde, un nouvel écrivain sera né. Dont les droits sont réservés pour tous les pays. C'est précisé, là, sur la page de gauche, face au titre.

— Vous les emportez ou je les fais livrer ?

L'hôtesse montre un paquet : ce sont les vingt exemplaires que l'éditeur offre à l'auteur, comme le stipule l'article 15 du contrat.

Ce soir, Étienne doit dîner chez l'oncle Raymond et la tante Jeanne. Il leur offrira son livre.

Caradet rentre chez lui, chargé de son trésor, déballe le colis :

— Le salaud !

Le paquet ne contient que dix-neuf exemplaires.

Flambart n'a pas oublié de tenir compte du volume qu'il lui avait remis. Caradet répète en riant (car rien alors ne saurait ternir sa joie) :

— Le salaud.

Dix-neuf exemplaires, c'est bien suffisant, estimes-tu, innocent Étienne. Quelle erreur ! Car tu vas conserver deux ou trois livres pour toi, c'est normal. Tu en donneras un exemplaire à tes parents, un autre à ton frère, cela va de soi. À Chantal qui a tapé ton manuscrit. À Pressagny, tu ne peux faire autrement. À l'oncle Ray. À ton maître de conférence qui t'a recommandé auprès de Bréval. À Louis-Philippe Richard, tu le lui as promis. À Bréval pour le narguer... Compte : voici déjà onze exemplaires attribués, et pourtant tu ne connais pour ainsi dire personne.

Autant t'avertir : les vingt à vingt-cinq exemplaires libéralement octroyés par l'éditeur à l'auteur lui créent, dans le meilleur des cas, une bonne centaine d'ennemis et pas un ami supplémentaire. Bizarrement, les gens qui, peu ou prou, ont parmi leurs relations un écrivain qui vient de publier un livre ne disent pas : « Je vais l'acheter », mais « Je compte bien qu'il me l'offrira », suivi d'un amer : « Il aurait pu me l'offrir ! »

Ces mêmes personnes qui n'imagineraient pas que leur boucher leur fasse cadeau d'une entrecôte ni leur médecin de sa consultation semblent croire qu'avoir dîné un soir à côté d'un monsieur ou d'une dame qui écrit des livres leur donne le droit de recevoir gratuitement le produit de ce travail. Mais écrire n'est pas un travail, n'est-ce pas ? C'est un amusement, une fantaisie. Les artistes vivent de rien, c'est connu, et ils ont encore plus de talent lorsqu'ils sont pauvres. S'ils ont du succès, les écrivains vendent leurs livres à des dizaines de milliers d'exemplaires. Ils gagnent des fortunes. Sinon, qu'ils changent de métier. Écrire, ce n'est pas une vraie profession, puisque rien n'y oblige : si les écrivains écrivent, c'est bien parce que ça leur fait plaisir !

Tu te feras ainsi d'autant plus d'ennemis, Caradet, que tu auras plus d'amis. Tu disposes d'un expédient : acheter une centaine d'exemplaires à ton éditeur, aux deux tiers du prix de vente en librairie. À supposer que tu consentes à cette forte dépense, elle te vaudra tout au plus un « merci » murmuré du bout des lèvres, puisque celui ou celle à qui tu offriras ton ouvrage est persuadé que tu ne l'as pas payé et qu'un auteur prélève, chez son éditeur, autant de livres qu'il le désire.

Pauvre Étienne, tu ne le sais pas encore, mais les ennuis commencent.

— Ah ! Voici donc ce livre ! s'exclame tante Jeanne comme si tu lui offrais une curiosité exotique.

Elle s'empresse d'ajouter :

— J'espère que tu nous a mis une gentille dédicace.

Apprends encore ceci, au moment où tu risques, avec maladresse, tes premiers pas d'auteur : ce que tu rédiges de plus important, c'est la dédicace, ces quelques lignes tracées sur la troisième page, celle du faux titre. L'ouvrage entier, écrit pour tout le monde et n'importe qui, que chacun peut se procurer dans une librairie, ne pèse qu'un poids dérisoire face à ces dix mots dédiés personnellement à celui à qui tu donnes ton œuvre, avec son nom, à lui, le bénéficiaire de ton hommage :

À mon oncle Ray et à ma tante Jeanne, mes parrains très spirituels sur les fonts baptismaux de la littérature, en affectueux hommage, as-tu inscrit.

Et tu as signé, avec délice.

Un peu flagorneuse, ta dédicace, trouves-tu. Non, Étienne : jamais personne ne s'offusquera d'un excès de flatterie.

— Tu es un amour, se rengorge tante Jeanne qui a sorti ses lunettes pour déchiffrer ton écriture et qui précise : Je le lirai.

Son ton révèle qu'elle t'accorde là une grande faveur. Son air signifie aussi : « Mon neveu a écrit un livre, comme c'est amusant ! »

Pour la femme d'un directeur général d'une société multinationale, sont importants les banquiers, les industriels, les assureurs, son médecin, les hauts fonctionnaires. Ces gens-là exercent des professions sérieuses, utiles, on peut les recevoir chez soi et les présenter en faisant ronfler leurs titres et leurs fonctions. Et puis, il y a ceux qui s'amusent dans la vie, les peintres, les musiciens, les poètes, qu'elle invite au titre d'attractions ponctuelles :

— Il faut de tout pour faire un monde.

Elle connaît un fondé de pouvoir qui consacre ses loisirs à construire des maquettes de bateaux. Pourquoi son neveu n'aurait-il pas écrit un livre ?

— Je trouve la couverture vulgaire, juge-t-elle. Ton éditeur aurait pu choisir une femme plus distinguée, et t'offrir une couverture cartonnée.

Cette phrase, Étienne, tu n'as pas fini de l'entendre : « Ton éditeur aurait pu... » Que n'aurait-il pas dû faire, cet éditeur, à en croire tous ceux qui disent te vouloir du bien ! Recouvrir ton livre d'une jaquette, inscrire ton nom en plus gros caractères, tirer ton ouvrage à cinquante mille exemplaires, le placer dans les kiosques des gares, te faire passer à la télévision, obtenir des critiques dans tous les magazines, s'arranger pour que ton roman figure dans la liste des best-sellers, te faire traduire en anglais, en espagnol, en allemand, en japonais, en turc, en danois, en finlandais et en swahili, diffuser ton livre en format de poche, vendre les droits à un producteur de films...

— Dès que ton oncle sera arrivé, nous boirons le champagne. Il faut fêter ton livre.

Cache ton irritation, Caradet. Même si elle ne lit pas L'ILLUSION, tante Jeanne, dans les salons d'Auteuil et de Passy, gloussera de fierté :

— Mon neveu vient de faire paraître un roman. Je vous le prêterai.

Car tante Jeanne n'imagine pas que ses amies puissent acheter L'ILLUSION puisque c'est son neveu qui l'a écrit. Elle pense même :

— Il pourrait l'offrir à mes amies.

Voici l'oncle Ray. Il se réjouit :

— Bien que, tu le sais, avec mes obligations, je n'aie guère le temps de lire !

Étienne Caradet rôde dans les librairies, sous l'œil soupçonneux des vendeurs. Certains, goguenards, ont déjà reconnu dans le garçon le jeune auteur en quête de son livre.

Caradet passe en revue les comptoirs. Va-t-il enfin apercevoir la couverture rose sur laquelle Clémentine s'efforce d'aguicher le chaland ? Non. Les rayons ne montrent encore que d'autres ouvrages, dont la présence l'agace : ce sont de futurs concurrents. Soudain, blessant son cœur comme un coup de poignard, jaillit un titre : Les Faux-Semblants. Auteur : Louis-Philippe Richard. Dont le nom est inscrit en caractères énormes.

– Il aurait pu me l'envoyer, s'indigne Étienne.

Jour après jour, impatient, il scrute les étalages. Tu sais bien, Étienne, que L'ILLUSION ne peut être déjà en vente. Flambart te l'a dit :

– Dans l'office du vingt.

Les offices, a fini par apprendre Étienne, sont les envois systématiques des livres nouvellement parus, effectués une à deux fois par mois à la plupart des libraires, et que ceux-ci pourront retourner s'ils ne les ont pas vendus dans les trois mois.

Ce que Flambart n'a pas osé avouer, c'est que, par suite d'un retard de l'imprimeur, L'ILLUSION a manqué l'office du 20 septembre. Il ne figurera que dans l'office du 5 octobre. Et, pendant tout ce temps, parade dans les vitrines un livre à la couverture sobre sur laquelle Louis-Philippe Richard semble narguer Caradet.

11

Service de presse

ICI, tu seras très bien. Je te fais porter les livres.
Caradet suit de l'œil la silhouette de Linda, entrevoit
la cuisse par la fente de la jupe, reçoit l'éclat de ses yeux
verts, se sent tout remué par la voix aux accents
rauques.

Calme-toi, Étienne. Si Linda t'a convoqué, c'est
pour un motif professionnel : tu dois signer ton service
de presse. Elle t'a installé dans un cagibi sans fenêtre
meublé d'une grande table et d'une chaise. Cet antre,
éclairé d'une chiche lumière dispensée par une unique
ampoule, est le lieu où officient les auteurs au moment
de la parution de leur livre : pourquoi sacrifierait-on
une pièce agréable alors que les écrivains ne font que
passer pendant quelques heures, et que La Margelle,
comme tous les éditeurs, souffre d'un manque de
locaux ?

— Je t'ai préparé les étiquettes, précise l'attachée de
presse.

Un manutentionnaire pose sur la table des piles et
des piles de L'ILLUSION. Linda s'esquive :

— Je te laisse travailler.

105

Abandonné, Caradet feuillette l'épais paquet d'étiquettes. Il y reconnaît une douzaine de noms d'écrivains célèbres : ainsi, Étienne, ils vont recevoir ton livre, le lire sans aucun doute. Tu es saisi d'un vertige d'indignité. Une vingtaine d'autres noms te sont familiers, ceux de critiques dont tu as lu les analyses dans les journaux, suivi les émissions à la télévision, que tu as écoutés sur France-Culture. Voici Radis-Selles : « TRÈS IMPORTANT ! » dirait Linda. Puis deux cents patronymes dont tu n'as jamais entendu parler.

Que leur dire, en quelques mots, sur la page de garde ? Sont-ils vieux ou jeunes ? Aiment-ils la poésie ou l'action ? L'amour ou les abstractions ? Et Claude ? Est-ce le prénom d'un homme ou d'une femme ?

Linda t'a laissé à la dérive, au milieu de cet océan de noms, face à cette falaise de livres qu'il va falloir éroder pierre après pierre, volume après volume. Te contenteras-tu d'un banal « Hommage de l'auteur » ? Voici Linda, enfin. Elle ordonne :

— Fais-leur de jolies dédicaces.

Puis elle disparaît.

Linda a raison. Rédige pour eux de subtils messages. Car ces deux cents personnes, dont la plupart te sont inconnues, possèdent chacune une parcelle de la toute-puissance des lettres. Elles disposent d'une colonne dans un quotidien, d'une rubrique dans un hebdomadaire, de minutes derrière un micro ou devant une caméra pour parler de livres et d'auteurs. Peut-être de toi, Caradet. Peut-être. Car ces importants personnages reçoivent, en cette rentrée littéraire, vingt romans par jour. Les envois s'accumulent dans leur bureau. Quand, harassés, ils rentrent chez eux, ils en trouvent d'autres déposés chez le gardien de l'immeuble, sur le paillasson, dans leur antichambre. Les volumes envahissent les tables, s'entassent sur un fauteuil, s'accumulent sur la cheminée, sur le sol. Les piles s'effondrent, que l'on redresse. Dans le lieu de travail des directeurs des magazines littéraires, des membres des jurys, des responsables de grandes émissions, les envois forment des blockhaus, paquets même pas ouverts tandis que leurs auteurs scrutent les pages des magazines dans l'espoir d'y voir paraître l'article qu'ils espèrent.

Au milieu de ce raz de marée de papier émergent quelques îlots : les livres que les critiques lisent parce qu'il est nécessaire qu'ils en parlent ; l'auteur est connu pour son talent ; il tient lui-même une rubrique dans un autre média ; ou bien la rumeur, ce bruit qui sourd, murmure que c'est un bon livre. Mais la plupart ne seront même pas parcourus. Tant pis pour tous ces premiers romans écrits par des nouveaux venus. Il faudrait beaucoup de chance pour qu'ils sortent de la masse des futurs invendus.

Parfois, parce qu'il aime la littérature, un critique ouvrira un premier roman d'un auteur inconnu. Pourquoi celui-ci ? Par hasard. Parce que le titre l'a séduit, que la couverture l'a intrigué, que le sujet est nouveau. Parce que l'ouvrage se trouvait sur le dessus de la pile au moment où le critique allait aux toilettes. Ou parce que la dédicace est personnelle, originale, d'une flatteuse déférence ou d'un délicat humour.

— Tu avances ? s'inquiète Linda.

Non, tu n'avances guère. Ta main hésite. Faut-il appeler « Monsieur » des gens qui n'ont peut-être pas trente ans et qui en riront ? Et si ce Claude est une dame ? Doit-on écrire « Maître » à un académicien et

107

affronter le ridicule ? Risquer l'audace ou se réfugier dans la banalité ?

Quelques conseils, Étienne Caradet, si tu permets, puisque Linda te laisse tomber. Comme l'a fait tante Jeanne, c'est la dédicace que le critique lira d'abord. C'est même, selon toute probabilité, tout ce qu'il lira de ton roman. Cette phrase l'intéresse puisque c'est à lui qu'elle s'adresse, que c'est son propre nom, à ses yeux le plus important, qui est inscrit sur la page de garde. Ce sont ces quelques mots qui l'inciteront, peut-être, à parcourir quelques pages du livre et, s'il est séduit, à en parler. Ce qui captera son attention, c'est lui-même, à travers toi. Si tu es habile, Caradet, tu glisseras dans ta phrase une allusion à l'œuvre du critique, tu incluras avec adresse le titre d'un de ses livres ou, mieux, une citation. Une dédicace est un clin d'œil, une connivence parfois, un hommage toujours. Alors, troisième conseil, trempe ta plume dans le baume, laisse monter l'encens. Sois louangeur, admiratif, déférent comme un disciple. Témoigne de la respectueuse affection d'un fils pour son père spirituel. Ne crains pas le dithyrambe. Place cet écrivain à égalité avec Shakespeare s'il est auteur de théâtre, Flaubert s'il est romancier, Baudelaire s'il a commis un recueil de poèmes. Le procédé est grossier ? C'est une évidence. Personne ne s'y laissera prendre ? C'est à voir.

Qui est assez fort pour mépriser les hommages ? Qui est assez modeste pour traiter en dérision un témoignage d'admiration ?

M'as-tu compris, Caradet ? Si tu estimes le procédé indigne, accepte les diffusions confidentielles et ne t'étonne pas si personne ne parle de ton livre.

Une douzaine de critiques tiennent les lettres françaises. Certains affirment qu'ils les terrorisent. À travers deux émissions de télévision, trois émissions de radio, cinq ou six hebdomadaires, ils disent ce qu'il faut lire ou ne pas lire, admirer ou rejeter. Ces critiques s'observent, s'écoutent, s'épient, se rencontrent dans les mêmes cocktails, dans les couloirs des éditeurs, appartiennent aux mêmes jurys. Ils se recommandent l'un à l'autre les livres qui leur ont plu ou, plus souvent, ceux que désire promouvoir la maison qui publie leurs propres œuvres. Il suffit que l'un d'eux consacre à un inconnu une critique élogieuse pour que les autres, qui redoutent de paraître à la traîne, renchérissent dans les louanges ou, au contraire, étrillent le livre pour affirmer leur indépendance ou s'offrir un facile morceau de bravoure. L'un amorce la pompe, l'autre gonfle le pneu, le troisième lance le convoi sur les rails. Tout cela, peut-être, par la grâce d'une dédicace adroite.

Pour le lecteur qui hésiterait encore, les hebdomadaires publient les listes des meilleures ventes, aux hiérarchies parfois faussées par des éditeurs assez malins pour connaître les librairies-test et y faire acheter suffisamment d'exemplaires pour projeter un livre parmi les best-sellers. Qu'importe ? Qui, en ces temps de démocratie, ne respecte pas le suffrage de la majorité ? Qui serait assez sot pour ne pas avoir lu le livre dont tout le monde parle ?

Tu aurais dû t'informer, Caradet. Qui sont ces maîtres à lire ? Quels sont leurs goûts, leurs tics ? Comment s'appelle leur chat, leur chien ? Qu'ont-ils publié ? Chez quel éditeur ? Quelles sont leurs amitiés ? Tu aurais dû établir des fiches qui t'aideraient à imaginer d'efficaces dédicaces. C'est nécessaire. D'autres connaissent les règles du jeu et, en ce mois de septembre, c'est un plein fourgon d'hommages et d'admiration qui se déverse sur le paillasson des critiques et des jurés.

Un détail encore : attention aux orthographes des noms. Il existe des pièges : Mathieu prend parfois deux *t* et Nourissier s'écrit avec un seul *r*. Toute erreur serait malséante.

Pour les cent quatre-vingt-huit autres noms de ton service de presse, ton imagination devra inventer, cher Caradet, trois ou quatre petites phrases originales et passe-partout que tu utiliseras alternativement en fonction du destinataire ou au gré de ta fantaisie. Ne cède pas à la lassitude. Ne faiblis pas sous l'empire de la monotonie. Ne bâcle pas. Car tout ce que je viens de dire est excessif : si une douzaine de critiques parisiens disent le bien et le mal, cent autres tiennent la province à travers quarante quotidiens régionaux et autant de radios locales. Et qui lit en France autant que l'épouse du médecin de Perpignan, le retraité de Cannes ou la pharmacienne de Maubeuge ?

— Linda, où en êtes-vous avec Caradet ? interroge Jean-Robert Dupuis qui précise, avec un fin sourire : Je fais allusion à vos rapports professionnels.

— Je fais mon possible pour lui obtenir quelques critiques. Ce n'est pas facile. Il débute.

— Jouez là-dessus.

— Ils sont cinquante à débuter, ce mois-ci.

— Son livre est bon.

— Vous avez vu sa dégaine. Il a un peu trop l'air de ce qu'il est : un petit universitaire qui débarque de sa cambrousse.

— Il ne connaît personne ?

110

— Rien d'exploitable. Il n'appartient à aucune chapelle, ne se réclame d'aucune école.

— Il n'est pas néo-romantique ?

— Ni néo-romantique, ni nouveau philosophe, ni rétro-nazi, ni communiste renégat. Il ne sort pas de prison. Rien. Pas un label. Pas une étiquette. Il ne facilite pas mon travail, votre Caradet !

— Vous avez essayé du côté du *Fanfaron* ?

— Je leur en ai parlé, mais leurs critiques ne s'intéressent qu'à eux-mêmes. C'est la mafia : Jacques parle du livre d'Antoine qui dit du bien de celui de Léon qui pond une analyse élogieuse du dernier-né de Jacques, et on recommence.

— Et Jean Machon ?

— Vous savez comment il fonctionne. Il va me dire : « Montrez-moi son séné que je lui envoie ma rhubarbe. » J'ai quand même un petit espoir du côté de Radis-Selles. Je suis au mieux avec lui.

— Je suis convaincu que ce Caradet s'améliorera. Il a signé pour cinq livres. Je crois à cet auteur, à moyen terme. Nous pouvons nous offrir ce petit luxe : *Les Papillons du Brésil* démarre très fort.

Pendant tout une journée, cloîtré dans le cagibi, Caradet délivre ses dédicaces. Le lendemain matin, Linda entre dans la pièce :

— Il faut faire de la place pour M. Gardineau, proclame-t-elle.

Elle est suivie par un homme âgé, ratatiné, aux grosses lunettes de myope. Elle pousse les piles du roman d'Étienne. Le manutentionnaire apporte les ouvrages de ce confrère que Caradet toise comme un intrus dans son univers. Que vient faire ici ce vieux

111

bonhomme, sinon perturber son travail, lui voler ses lecteurs ? Il jette un regard condescendant sur le livre de ce Gardineau que Linda, par dérision sans doute, traite avec déférence. Ce qu'ignore Caradet, c'est que cet écrivain possède un public pour ses études historiques, qu'il est pour son éditeur une valeur sûre, que chacun de ses ouvrages bénéficie d'une vente garantie d'au moins dix mille exemplaires. De quoi payer la parution de *L'ILLUSION*.

En professionnel d'expérience, le vieil écrivain s'est mis au travail, voûté sur les pages de garde, les yeux tout près du papier, calligraphiant ses dédicaces d'une petite écriture appliquée.

En feignant de l'ignorer, Étienne Caradet continue à distribuer ses hommages respectueux et le témoignage de sa profonde admiration à des gens dont il ignore tout, dont il espère tout.

12

À la fortune des libraires

UN coup au cœur ! Comme la première fois où une fille lui a dit : « Je t'aime ». *IL* est là, posé à plat sur un comptoir : toute une pile de *L'ILLUSION*. Sur la couverture, Clémentine sourit à Caradet, et Caradet lui rend son regard. Son livre est là. Parmi les autres.

Car il y a tous les autres. *Les Faux-Semblants* est placé debout, dressé comme une enseigne sur le sommet du comptoir : pourquoi *L'ILLUSION* n'est-il pas en position verticale, comme le roman de Richard ? Étienne trouve son livre un peu perdu parmi les ouvrages qu'il côtoie : récits, essais, chroniques, mémoires... Mais son nom voisine avec ceux d'auteurs connus. Les ouvrages s'alignent au coude-à-coude, couvertures bleues à filet blanc, masses noires, rouge agressif, fuchsia subtil parmi lesquels Clémentine sur fond rose offre son sourire racoleur.

Avec une feinte négligence, Caradet feuillette les volumes proches de son roman, lit les quatrièmes pages de couverture, sourit en pensant aux affres de leurs auteurs. Il blêmit en découvrant un texte drôle, tentateur, comme celui qu'il aurait dû concevoir. Mais il n'a pas osé. Ou pas su. Il s'attarde, lit au hasard un paragraphe, le début d'un chapitre. Tant de livres. Tant de talents. Tant d'espoirs. Et si peu de lecteurs.

Seulement quelques personnes sont dispersées entre les rayons de l'immense librairie. Dans un angle, feignant de lire un ouvrage de philosophie dont il ignore jusqu'au titre, Étienne observe. Les clients passent. Leur regard effleure la surface des comptoirs. Voient-ils seulement les livres ? Leur main suit, en une caresse distraite. Celui-ci s'arrête, saisit un volume, l'ouvre, le referme, le repose, en prend un autre, parcourt le dos de la couverture. Une voix féminine le hèle, de l'autre côté de la boutique :

– Christophe, viens voir !

Christophe abandonne le volume. C'était *L'ILLUSION*.

Deux dames en manteau de fourrure volètent d'un comptoir à l'autre, pépient, se posent, picorent, s'élancent, se perchent, sautillent, donnent du bec dans un volume, jacassent, s'ébrouent, s'envolent.

Un étudiant impécunieux dévore, debout sur une jambe, l'ouvrage qu'il n'a pas les moyens d'acquérir.

Un acheteur pressé va tout droit au livre qu'il désire, le prend, le paye, s'en va. Un monsieur âgé achète un guide touristique.

Voici un lecteur attentif. Il s'intéresse aux romans. Il en prend un, puis un autre, l'ouvre, lit un paragraphe, saute au dénouement, passe au volume voisin, le retourne, parcourt le texte du rabat. N'est-il pas, lui aussi, un auteur ?

Entreprends, Étienne, le long périple : marche de la librairie La Procure à la librairie Flammarion, du Divan à la librairie Del Duca, du BHV au Printemps-Haussmann. Poursuis ton inspection vers Passy... Auteuil...

Magnifique ! La librairie Lavocat expose L'ILLUSION en vitrine. Fasciné, tu restes planté devant la glace, ivre d'une jouissance onaniste. Ta couverture trône parmi trente autres : tu ne vois qu'elle. Pour un peu, tu arrêterais les promeneurs, tu leur montrerais ton livre, tu crierais :

— C'est moi, Étienne Caradet, l'auteur !

Mais les passants passent, trottant vers leurs affaires, s'engouffrant dans la bouche du métro, marchant vers les Grands Magasins sans un regard pour la devanture. Enfin, une jeune femme s'arrête devant la vitrine. Elle regarde, rentre une mèche dans son foulard, se sourit et s'éloigne.

À la librairie Gallimard, tu n'as déniché qu'un seul exemplaire sur un rayonnage où il faut un œil attentif pour l'y découvrir. Le livre n'est pas au Divan. Surmontant ta timidité, tu demandes :

— Avez-vous L'ILLUSION, d'Étienne Caradet ?

La vendeuse affirme, péremptoire :

— C'est épuisé !

À la librairie Fontaine, l'employée te fait répéter deux fois le titre avant de te proposer de le commander. À la section « Livres » d'un grand magasin, les responsables n'ont pas connaissance d'un roman intitulé L'ILLUSION. À la Hune, un vendeur exhume un exemplaire caché dans un rayon :

. — Vous le voulez ?

— Euh... Non...

Tu ne peux acquérir, partout, ton propre livre : que resterait-il pour les vrais acheteurs ?

Caradet veut informer Dupuis de sa déconvenue, mais l'éditeur est absent :

— Il est à Francfort, précise la réceptionniste avec un air d'évidence.

Et Cotonnou ? À Francfort, lui aussi.

Il faut que tu le saches, Étienne : durant la première semaine d'octobre, une sorte de tropisme déplace vers l'Allemagne l'activité éditoriale mondiale. Tous ceux qui fabriquent des livres s'y rencontrent pour vendre et pour acheter. C'est la foire planétaire du talent et de la création. On y baragouine l'anglais et l'allemand. Les Japonais photographient tout. Les pays de l'Est y exposent leurs tristes papiers. On négocie les coéditions de luxe pour amortir les frais de clichage et d'impression. Dans de gigantesques parties de pokers, on surenchérit à coups de millions pour obtenir les droits d'un best-seller qui n'est pas encore écrit. Peut-être Myriam Bee est-elle en train de vendre *L'ILLUSION* pour qu'il soit publié à Barcelone ou à Turin. Plus probablement, Jean-Robert Dupuis essaie-t-il de convaincre des partenaires anglo-saxons et portugais d'acquérir *Les Papillons du Brésil.*

Chez les éditeurs parisiens, pendant une semaine, l'activité a quasiment cessé : on ne peut prendre aucune décision puisque ceux qui décident sont tous à Francfort.

Étienne se rabat sur Linda :

— Mon roman n'est pas au Divan.

— Je le signalerai au commercial.

Quand as-tu déjà entendu cette phrase ? Tu t'en souviens : c'est ce qu'avait répondu Linda à ce malheureux auteur : Fernoli. Dès qu'il avait quitté la pièce, vous en aviez fait, Linda et toi, des gorges chaudes.

Pauvre Fernoli !

116

Mais tu n'es pas Fernoli. Linda ne t'annonce-t-elle pas :

— Étienne, c'est merveilleux : j'ai obtenu de Giraudet qu'il te fasse passer ce soir dans son émission !

À minuit, Caradet pénètre dans l'immeuble de Radio Saint-Marin. Comme l'attachée de presse de La Margelle le lui a recommandé, il serre sous son bras deux exemplaires de L'ILLUSION. Il sort un huissier de sa somnolence :

— J'ai rendez-vous avec M. Giraudet.

— Stéphane ? Studio B, premier à gauche.

Étienne pousse la porte du studio B, un monument d'acier et de verre épais, feutré par un gros bourrelet de caoutchouc. Il a dû se tromper : une musique tonitruante l'assaille, l'assourdit, le paralyse. La pénombre le rend aveugle. L'éclair d'un flash l'éblouit. L'écrivain vacille, perdu, pris de panique. Il sursaute : une main a saisi son bras. Ses yeux s'accoutument à l'obscurité, distinguent le visage d'une jeune femme, tout près du sien. Sa bouche remue. Elle approche les lèvres de l'oreille de Caradet. Elle hurle. Étienne finit par saisir ce qu'elle crie : c'est bien ici que s'enregistre, en direct, l'émission « Nuiteur » :

— Attendez !

La lumière jaillit. La musique cesse. Des gens applaudissent. La jeune femme met un doigt sur ses lèvres pour inviter Caradet à se taire, le guide à pas feutrés vers un fauteuil, devant une table basse sur laquelle sont posés des micros :

— Restez ici. Stéphane va venir.

Stéphane Giraudet : ce doit être lui, là-bas, cet homme au visage de jeune vieux, fripé, ridé, peau grise, cheveux longs et rares, vêtu d'une chemise de couleur parme sous un gilet brodé. C'est lui, à n'en pas douter. Il tient un micro si près de sa bouche qu'il semble vouloir le manger ; sa voix se répercute dans la salle. La pièce ne ressemble guère à l'idée que Caradet se faisait d'un studio : elle évoque un bar un peu canaille avec ses canapés, ses fauteuils profonds, ses guéridons, sa quasi-obscurité. Tout un public est entassé sur les banquettes, sur les marches, sur la moquette, jeunes en jeans, dames mûres au sourire extasié, filles aux cheveux de toutes les couleurs.

Ils dévorent Stéphane des yeux. Un panneau s'allume : « APPLAUDISSEZ », et ils applaudissent ; « RIEZ », et ils s'esclaffent ; « SILENCE », et ils se figent.

Caradet observe le décor, les spectateurs, l'animateur. Qu'est-il venu faire ici ? Parler de son roman ? Linda lui a dit :

— *Très* important.

Deux cent mille auditeurs, a-t-elle affirmé, écoutent « Nuiteur » sur Radio Saint-Marin : insomniaques, chauffeurs routiers, couche-tard, internes de garde ; des travailleurs de nuit et des paumés.

— Stéphane a son public.

Une petite partie de ce public est ici, hochant la tête en cadence au rythme de la musique rock, y compris les dames mûres.

— Asseyez-vous ici, dit l'hôtesse.

Elle accompagne un garçon aux cheveux noués en catogan, vêtu d'un blouson de cuir orné de clous, portant autour du cou un mouchoir rouge. Elle le place aux côtés de Caradet, consulte une fiche, confie :

— Stéphane va venir.

Pour l'instant, Stéphane Giraudet interroge une jeune femme blonde qui montre généreusement ses seins mal contenus par une chemise en grosse toile bleue. Elle raconte qu'elle a traversé l'Afrique à pied ; qu'elle a vécu avec un pygmée.

— RIEZ ! commande le panneau.

Elle annonce qu'elle prépare un livre, qu'elle a réalisé un film, qu'elle donnera une conférence à l'Espace Aventure. Caradet essaie de prendre l'air intéressé. Il s'ennuie. Il a envie de dormir. Il est tenté de s'en aller. L'hôtesse lui apporte un jus d'orange, susurre, comme si elle octroyait un précieux cadeau :

— Ça va être à vous.

Une musique primitive s'élève : c'est, pour conclure l'entretien avec l'aventurière, une cassette de chants rituels enregistrée au Cameroun. Soudain, Giraudet est là : il s'est avancé d'un pas dansant, balançant son micro. L'assistante lui glisse un mot dans l'oreille, une fiche dans la main. Il s'assied, sourire aux lèvres, l'air cordial. La musique s'interrompt, le panneau commande le silence, l'animateur s'adresse à Caradet :

— C'est vous, Billy Wild ?

— C'est moi, Billy, intervient le garçon en blouson de cuir.

— Salut, Billy ! Dans un instant, nos deux prochains invités, Billy Wild et... (Il se penche vers sa fiche.)... Émile Caradet.

L'écrivain tente d'intervenir. Giraudet, d'un signe, lui intime le silence, enchaîne :

— Mais d'abord, place à la musique !...

Il fait un geste vers un panneau vitré, un air de rock éclate, la lumière s'éteint, de même que la lampe rouge, au centre du guéridon. Stéphane, dans la pénombre, cherche à lire sa fiche, se tourne vers Caradet :

— Vous venez pour quoi, déjà ?

119

En criant presque pour dominer la musique, Étienne explique :

— Pour mon roman *L'ILLUSION*. Linda vous en a parlé. Je vous en ai apporté un exemplaire.

Dans la faible lueur, Stéphane Giraudet feuillette le livre, parcourt le texte imprimé au dos de la couverture, jette un coup d'œil sur le rabat.

— Attention ! prévient la voix d'un technicien, amplifiée par le haut-parleur.

La lumière rouge s'allume, le panneau réclame le silence, Stéphane reprend son micro :

— J'ai à mes côtés deux personnalités intéressantes, chacune à leur façon, que je vais vous présenter... le temps de tourner une page de publicité.

Il tend à nouveau la main vers la paroi vitrée, comme s'il bénissait les techniciens qui veillent derrière leur glace. Le haut-parleur diffuse une ritournelle. Une voix sérieuse conseille, contre la constipation, les suppositoires « Fugace ». Une voix caline confie qu'il y a du soleil à Tahiti et que le billet d'avion ne coûte que neuf mille huit cent vingt-sept francs. Un chœur vante, dans une mélopée incompréhensible, on ne sait trop quel produit.

Étienne n'écoute pas. Il pense à son livre, à ce qu'il faut endurer pour pouvoir en parler à deux cent mille futurs lecteurs. Le succès est-il à ce prix ?

— À ma droite, Émile Caradet, vingt-deux ans, soixante-trois kilos ! bonimente Stéphane. À ma gauche, Billy Wild, vingt ans, soixante-quatorze kilos !

Il enchaîne :

— Émile Caradet, vous êtes du Limousin.

— Étienne Caradet, essaie de rectifier l'écrivain. Je suis de la Haute-Loire.

— C'est bien ce que je disais, vous venez d'Auvergne, l'une des régions les plus productives en hommes politiques, patrons de bistrots et fromages fermentés (« RIEZ », ordonne le panneau). Vous êtes monté à Paris, comme on dit, et vous publiez à La Margelle un roman intitulé *L'ILLUSION*. C'est votre premier livre ?

— Oui, et...

Mais Giraudet s'est déjà tourné vers son voisin de gauche :

— Billy Wild, vous êtes parisien ?

— De Belleville.

— Et votre passion, c'est la moto.

— Ouais.

— Parlez-nous de votre projet.

— Ouais, avec deux copains, on prépare un raid, un truc super, Alaska-Terre de Feu avec la traversée de la cordillère des Andes.

— C'est une première ?

— Par l'itinéraire qu'on va prendre, ouais, dans un sens, c'est une première. On a un bon sponsor...

Giraudet le coupe, se tourne vers sa droite :

— Étienne Caradet, vous vous intéressez à la moto ?

— Euh... pas spécialement.

— Billy, vous vous intéressez à la littérature ?

— Ouais, des fois je lis, des trucs techniques : *Moto-revue, Gros Cube magazine*...

— Vous lisez des livres, entre deux raids ?

— Des fois. Des bandes dessinées. J'aime bien.

— Étienne, votre roman *L'ILLUSION* met en scène une jeune femme, Clémentine, et un garçon, Lucien. Vous êtes Lucien ou Clémentine ?

— Ni l'un ni l'autre. Le thème...

— Ne me dites pas que votre roman n'est pas

121

autobiographique. Un premier roman est *toujours* autobiographique. Comme l'affirmait un de vos illustres prédécesseurs (il prend un ton efféminé.) « Madame Bovary, c'est moi »...

« RIEZ », commande le panneau. Giraudet fait un signe, la musique reprend, tonitruante. L'animateur rend le livre à Caradet :

— Dédicacez-le à Billy Wild, en souvenir de votre rencontre.

Il s'éloigne en chantonnant, esquissant un pas de danse au rythme de *Love me hard, baby*.

— Je vais vous demander votre place pour les suivants, dit l'hôtesse qui accompagne une dame à cheveux rouges et un monsieur rasé de loin.

C'est fini ? s'étonne Caradet. Mais il n'a rien dit. Il voulait expliquer l'action, la psychologie de ses personnages. Il croyait que Giraudet poserait des questions. Si l'animateur ne lui avait pas coupé la parole... S'il ne l'avait pas reçu en même temps que ce motard illettré...

— Ça s'est bien passé, hier soir ? interroge Linda.

— Tu ne m'as pas écouté ?

— À cette heure-là, je dors. Mais on m'a dit que tu avais été très bien.

— Je n'ai pas eu le temps de dire grand-chose.

— C'est toujours ainsi, avec Stéphane. L'important, c'est que tu sois passé dans son émission.

— Il a cité deux fois le titre de *L'ILLUSION* et le nom de l'éditeur.

— Super ! Tu sais, les couche-tard et les insomniaques sont de grands lecteurs.

Pourquoi pas, après tout ? se console Caradet.

13

La critique

A LA FNAC des Ternes, Étienne Caradet, en se cachant, compte les livres de la pile : elle a diminué de deux exemplaires. Deux volumes vendus en une semaine ! La pile des *Faux-Semblants* semble inchangée. Richard n'a-t-il rien vendu ? Ou tout vendu ? Le stock a-t-il été renouvelé ? Comment le savoir ? À titre confraternel, Étienne, je puis te confier la méthode pour connaître les ventes d'un ouvrage dans une librairie : dans le dernier exemplaire est glissée une fiche qui sert au libraire à la tenue de ses stocks et au renouvellement de ses commandes. Il suffit de consulter ce document. Hélas ! dans la plupart des magasins, cette fiche est désormais remplacée par une gestion électronique inaccessible.

À la librairie Lavocat, L'ILLUSION n'est plus en vitrine. L'approvisionnement est-il épuisé ? L'unique exemplaire de la librairie Gallimard a disparu. Caradet écrit à Jean-Robert Dupuis pour le lui signaler. Il attend en vain la réponse.

Tu ne peux, Étienne, passer tes journées à visiter les librairies. Même si certains auteurs excellent à jouer les commis voyageurs de leurs propres ouvrages, tu estimes que le travail de l'écrivain n'inclut pas la promotion commerciale. De toute façon, la rentrée scolaire te contraint à courir de l'un à l'autre des établissements privés disséminés à travers Paris et en banlieue, où tu as obtenu d'enseigner à un tarif horaire que n'accepterait pas une femme de ménage immigrée.

Mais, te dis-tu, cette pauvreté est provisoire : tout changera lorsque les ventes démarreront vraiment. Lorsque les critiques auront lu L'ILLUSION et auront révélé à leurs lecteurs, à leurs auditeurs, tout le plaisir qu'ils ont pris à découvrir un nouveau romancier.

Mais les critiques tardent à se manifester, jusqu'au moment où Caradet trouve ce bref message de Linda :

Sois jeudi à dix heures à la Fontaine des Innocents. En tenue de combat : c'est pour te faire photographier. TRÈS IMPORTANT.

« Encore ! » se dit Étienne, qui garde un mauvais souvenir de la séance précédente. Mais Linda lui explique, en deux mots, la chance qu'elle a obtenue pour lui et, dès neuf heures cinquante, il est là, vêtu de son costume de velours, près du décor qu'a choisi, non sans arrière-pensée malicieuse, le photographe de *La Gazette des Lettres*.

Comme chaque année, cet hebdomadaire groupe, en une photo de famille, une vingtaine de néophytes qui publient leur premier roman. Te voici, Étienne, parmi tes confrères, tous nerveux, fiers, empruntés, garçons et filles qui seraient sympathiques si tous ne s'observaient pas avec l'hostilité des adversaires qui découvrent une aussi âpre concurrence : tant de débutants gonflés d'ambitions, d'orgueil, d'espoirs, qui s'efforcent d'offrir à l'objectif un visage avantageux. Les plus malins se sont mis au premier rang ; les plus grands dominent, au second plan. Et toi, Étienne, trop timide pour bousculer les autres, tu te presses à l'extrême bord : lorsque, le jeudi suivant, *La Gazette des Lettres* publiera la photo, on te distinguera à peine, à demi caché par ton voisin, une oreille coupée par le cadrage. Une note présente, brièvement, chaque nouveau romancier. Tu es furieux du texte qui t'est consacré, qui comporte des erreurs sur ton âge, sur tes études, et ne donne qu'une image caricaturale du sujet de *L'ILLUSION*.

— Tu n'es jamais content ! se vexe Linda.

Caradet s'impatiente :

— Quand paraîtront les critiques ?

— Ne sois pas trop pressé. Je fais mon possible. J'ai encore parlé de toi, pas plus tard qu'hier, à Rafaelo Canini, du *Fanfaron*. Il m'a promis de lire ton roman. Mais il est débordé, avec la rentrée littéraire, la saison des prix.

— Justement, Linda. Dupuis m'a bousculé afin de sortir *L'ILLUSION* à temps pour les prix. Il pensait que nous pourrions recevoir le Médicis ou le Femina. Il avait aussi parlé du prix Pénélope.

— Pour le Pénélope, n'y compte pas : c'est le tour de Delmond, cette année. Qui connais-tu, au jury du Médicis ?

Caradet n'y connaît personne. Il gémit :

— Tu ne t'occupes pas de moi.

— Dès que j'ai fini avec Gardineau, je te consacre tout mon temps.

Sans plus se soucier d'Étienne qui encombre son bureau, Linda décroche son téléphone tout en allumant une cigarette.

Sortir fin septembre, Étienne, c'est bon et ce n'est pas bon. Les critiques reçoivent vingt bouquins par jour, dix sollicitations d'amis, de confrères. Ils sont assaillis par les incessants coups de fil des attachés de presse. Pourquoi parleraient-ils de ton livre plutôt que d'un autre, alors qu'ils ne disposent pour le faire que d'une place limitée dans un journal, que d'un temps réduit à l'antenne ? Es-tu le poulain d'une écurie littéraire ? Un « outsider » dans la course aux prix ? Es-tu un crack qu'il faut jouer à coup sûr ? Détiens-tu un pouvoir ? Diriges-tu une collection où tu pourrais accueillir l'œuvre d'un auteur ? Disposes-tu d'une colonne dans un quotidien, d'une chronique dans un magazine, d'une émission à la radio, à la télévision, où tu aurais tout loisir d'utiliser ton influence ?

Les critiques, Étienne, sont le plus souvent aussi des écrivains. Ils ont leurs ouvrages à publier, à promouvoir, à faire couronner, sans compter les auteurs recommandés par leur éditeur dont il faut qu'ils parlent. Ils ont aussi leurs habitudes, leurs préférences, leurs fantasmes, et parfois leurs amertumes lorsqu'ils appartiennent à la triste race des écrivains frustrés ou des auteurs impuissants, et qu'ils se vengent de leurs échecs sur le dos de confrères plus chanceux.

Qu'as-tu fait, Caradet, qui te permette d'espérer sortir de l'anonymat ? Tu as écrit ? La belle affaire ! As-tu assassiné un dictateur sud-américain ? Passé dix ans comme mercernaire en Afrique ? Arraisonné un train postal ? Lancé des cocktails molotov dans les escaliers des écrivains nantis ? Couvert de graffitis la façade des éditions Francitare ? Simulé un faux enlè-vement ? Fondé l'école des néo-surréalistes ? Es-tu l'écrivain qui n'existe pas, que nul n'a jamais vu, que les journalistes traquent pour surprendre son visage ? As-tu écrit ton roman en une seule phrase sans ponctuation ? As-tu confié la succession des chapitres à l'ordre aléatoire d'un ordinateur ? Franchement, Étienne, tu ne fais rien pour aider ton éditeur.

Quelques billets ont paru dans des quotidiens régionaux : l'Argus de la presse les a découpés et envoyés aux éditions de La Margelle. Ces courts articles se bornent à reproduire le « Prière d'insérer » qui était joint au livre expédié en service de presse. Une analyse élogieuse signale le roman dans *La République du Rouergue*. *L'Indépendant du Forez* consacre un long article à *L'ILLUSION*, avec photo de l'auteur : Pressagny tient une chronique dans cette feuille hebdomadaire. Une critique flatteuse figure dans *Sorti du puits*. Ce n'est guère surprenant : *Sorti du puits* est le bulletin édité par La Margelle et envoyé aux libraires et aux médias. Étienne a été chargé d'écrire ce panégyrique. Enfin ! *Le Fanfaron* a consacré une colonne à *L'ILLUSION*. Rafaelo Canini a tenu promesse. À sa façon.

UN RASTIGNAC DE SOUS-PRÉFECTURE

Un matin, un bon jeune homme de la Lozère serra dans sa besace trois gros cahiers calligraphiés à la plume sergent-major et monta à Paris. Il partait conquérir les Lettres. C'est ainsi qu'on imagine Étienne Caradet dont le premier roman fait, ce mois-ci, une entrée discrète dans le monde. Je ne parlerai pas du thème de ce livre : il est si mince que je l'ai oublié ; ni de l'action, qui est floue ; ni des personnages aux contours dessinés comme par un élève de première année aux Beaux-Arts du Puy-en-Velay.

L'auteur ne cache rien de ses bons sentiments, ce qui produit une fadaise assez niaise. Ne lit-on pas à Brioude ?

Y est-on resté à Montherlant ? Pourquoi pas à Paul Bourget ? Caradet semble ignorer que, depuis, il y a eu Brecht, Simon, Robbe-Grillet, Duras. Si M. Caradet avait lu Freud et fréquenté les néo-psychanalystes (mais sans doute ces ouvrages ne sont-ils pas en vente dans les plus reculées de nos campagnes), il aurait laissé percevoir que son personnage s'explique par le refoulement du viol du père. Au lieu des « suaves effluves » (sic) dont il tente d'embaumer nos narines, il aurait employé le dialecte barthésien ou aurait innové dans une recherche oulipienne.

Le roman de Caradet ressemble à une fête foraine de sous-préfecture. Les flonflons s'essoufflent sur des airs rabâchés. Les baraques aux structures branlantes offrent des poupées de pacotille, les confiseries débitent leur guimauve. C'est bruyant et sirupeux, clinquant et faux. Tel est l'univers ludique de M. Caradet. À moins qu'il ne modernise ses chevaux de bois, un second tour de manège ne nous tente pas.

Que tous les Rastignac de sous-préfecture sachent que le monde des lettres souffre d'embouteillage : il faut, pour s'y faufiler, beaucoup plus qu'un petit talent.

J'allais oublier : le premier roman de M. Caradet s'intitule L'Illusion. Qu'il la garde.

Rafaelo Canini

Linda rit :
— Tu te fais étriller !
Caradet est blême. Il bégaie :
— Pourquoi ? Pourquoi ?
— Ce sont les risques du métier, mon cher. Canini adore, de temps à autre, écorcher un auteur. Il choisit un agneau sans défense et le dévore à belles dents. Ce

dépeçage lui fournit le prétexte à un article brillant. Il lance quelques œillades en direction des dix confrères pour qui, en fait, il écrit. Moi, je trouve que c'est un très bon papier.

— Il m'assassine !

— Dites-en du mal, mais parlez-en ! C'est préférable au silence. Canini, c'est la petite chapelle du *Fanfaron* qui n'est guère appréciée par les magazines concurrents. Je ne serais pas étonnée que tu obtiennes bientôt un bon article dans *L'Omnibus* ou *L'Astrolabe*, ne serait-ce que par esprit de contradiction.

« J'allais oublier, reprend l'attachée de presse. Nous avons reçu une lettre pour toi. »

Elle tend à Caradet une enveloppe bleu ciel portant le cachet de la Roche-sur-Yon. Enfin un lecteur, ou plus probablement une lectrice. Le candide écrivain s'étonnait : il avait lancé son cri et n'avait encore récolté que le silence. Il imaginait, naïf, que ceux qui avaient lu son livre exprimeraient leur émotion, leur admiration. Il sort de l'enveloppe bleue quatre feuillets emplis d'une écriture aux jambages nerveux. Il lit :

Cher Monsieur,

Votre livre m'a enchantée. Je tiens à vous dire tout le plaisir que j'ai pris à sa lecture. Vous avez le talent, très rare, de fournir un aliment à notre imagination, de guider nos rêves, de nous autoriser à nous glisser dans vos personnages. J'ai souffert avec Clémentine. J'ai pleuré avec Lucien. J'ai vibré. J'ai aimé. Merci. Habitant une ville de province, je lis énormément. Je puis vous confier que la vie n'a pas été tendre à mon égard. J'ai été mariée très jeune à un homme plus âgé que moi. Mes parents ont beaucoup insisté pour que j'accepte cette union. J'ai dit oui pour échapper à l'atmosphère étouffante qui régnait dans ma famille. Ce mariage a été, à tous points de vue, un échec...

La correspondante d'Étienne s'épanche ainsi à longueur de pages.

Elle conclut :

Si le hasard vous conduit jusqu'à La Roche-sur-Yon, ma maison vous est ouverte, et ce sera un plaisir pour moi de vous accueillir.

Tout fier, Étienne montre la lettre à Linda qui jette, méprisante :

— Encore une mal-baisée ! Si le cœur t'en dit...

Soudain, des éclats de voix troublent avec brutalité la sérénité feutrée que les maisons d'édition partagent avec les études de notaires et les évêchés. Linda, qui s'inquiète, aperçoit Jean-Robert Dupuis qui raccompagne dans l'antichambre, en la tenant par le bras avec une courtoise fermeté, une dame aux contours opulents dont la veste de tailleur laisse entrevoir une poitrine généreuse et palpitante.

Alertée par l'insolite vacarme, toute la maison est aux aguets. Cotonnou, essoufflé d'émotion, le cheveu dépeigné, raconte :

— Cette dame nous avait envoyé un manuscrit. Pour lui faire comprendre que nous n'étions pas disposés à le publier, je lui avais écrit, entre autres remarques, que ses scènes de passion me paraissaient manquer de réalisme. Voici que, tout à l'heure, je vois entrer dans mon bureau, toutes voiles dehors, l'étrave ronde et le pavillon haut, cette caravelle rose qui m'attaque à l'abordage : « J'ai compris le sens de votre observation.

130

C'est une invite, n'est ce pas ? À nourrir avec vous le réalisme de mes scènes de passion ? »

Cotonnou sourit de confusion :

– Elle s'est jetée sur moi avec une voracité de fleur carnivore. J'ai eu peur. J'ai appelé.

Dupuis a du mal à remettre son personnel au travail. Il aperçoit Caradet :

– Ça marche, votre roman ? interroge-t-il, jovial, comme si ce n'était pas à lui de le savoir.

Avant de refermer la porte de son bureau, il proclame :

– On a du réassort.

– C'est bon signe, explique Cotonnou : les libraires passent de nouvelles commandes.

Linda pousse Caradet en dehors de son bureau :

– Excuse-moi, mais avec les nouveaux livres que nous sortons, j'ai un travail fou.

Étienne n'ose lui rappeler qu'elle avait promis de lui consacrer tout son temps.

– Ton éditeur, dit tante Jeanne, devrait te faire passer à la télévision.

14

Les chemins de l'immortalité

Certains entrent en littérature comme on entre en religion. Ils fuient l'agitation parisienne, se retirent dans leur ermitage, s'isolent des bruits du monde. Ils créent dans le secret de leur cabinet, sacrifient à leur art. Il les indiffère de n'obtenir qu'une gloire confidentielle et probablement posthume. Peut-être ont-ils choisi la meilleure part.

Tu nourris, Étienne Caradet, d'autres ambitions. Tu t'es imaginé faire carrière dans les lettres et vivre de ta plume, ce que ne font en France, avec de confortables revenus, qu'une vingtaine d'écrivains. Leur exemple suffit à entretenir l'illusion et nourrir les espérances des Rastignac du stylo, comme dit Canini, qui montent en littérature comme on grimpe à l'assaut.

En ces temps médiatisés, l'accession à la notoriété se veut tonitruante. Tintez, cymbales ! Frappez, grosses caisses ! Sonnez, trompettes !

Tu répugnes, Étienne, à ces parades de saltimbanques, aux rodomontades des cracheurs de feu, et tu ne connais personne. Que faire ?

Le chemin de la notoriété, de la gloire peut-être, et

– qui sait ? – de l'immortalité, ressemble à un fleuve : il se nourrit de rus discrets et gazouillants ; il s'enfle d'affluents canalisés avec habileté avant de s'étaler en majestueux estuaire. Pour alimenter le fleuve de ton succès et grossir ses eaux, tu disposes d'une source simple et gratuite : écris. Puisque écrire est ton moyen d'expression préféré, entame et entretiens une correspondance suivie avec des écrivains consacrés dont tu as aimé les livres. Tu sursautes ? Adresser une lettre à un auteur célèbre, que tu ne connais pas ? Ta timidité n'osera jamais ? Tu aurais tort.

Les écrivains de quelque valeur lancent des bouteilles à la mer. Ils confient leurs angoisses, déshabillent leur âme, avouent leurs peurs. Rien ne les inquiète plus que le silence. Rien ne les rassure plus qu'une réponse : *J'ai reçu votre message. J'ai compris votre appel.*

Écris, petit littérateur débutant. Envoie des missives aux auteurs en renom (surtout s'ils sont membres d'un jury). Parle-leur de leur œuvre. Exprime ton admiration. Sois nuancé : tu n'es que le timide disciple, l'élève déférent. Évoque avec discrétion tes propres travaux. Sollicite un conseil.

Peut-être n'obtiendras-tu pas de réponse, mais le grand homme saura que tu existes et il pourrait survenir qu'il se souvienne de toi au moment opportun. Il est plus probable, si ta lettre était habile, que tu recevras en retour un billet qui t'émouvra par sa bonté, sa compréhension : l'écrivain au faîte de sa gloire se souvient de sa jeunesse. Il se réjouit qu'un garçon qui débute en littérature lise ses livres et les aime. Il constate avec satisfaction qu'il n'est pas ce « vieux croûton » que n'apprécient que les plus de soixante ans.

Le monde tourne vite, les modes changent, les nouvelles générations secouent le cocotier pour en faire choir les anciens. L'écrivain septuagénaire s'interroge : les jeunes le lisent-ils encore ? Son œuvre lui survivra-t-elle ? Il est entouré d'hommages et d'honneurs. Les critiques saluent ses livres. Les ventes sont satisfaisantes. Il siège dans des académies et y somnole avec componction. Il juge des bons et des mauvais ouvrages, attribue les récompenses. Ses avis, en une prose élégante, paraissent dans les gazettes. Mais demain ? Balayé par la vague de l'audiovisuel, submergé par l'image et la bande dessinée, son style, murmurent les iconoclastes, devient ringard, ses idées datent d'un autre âge et les impatients le traitent comme un dinosaure digne de figurer, naturalisé, dans une salle du Museum.

Et voici qu'un certain Étienne Caradet porte hommage, ploie le genou « Il a l'air bien ce garçon, se dit l'écrivain vieillissant. Ce n'est pas bête ce qu'il dit sur mes livres. »

Si l'on élimine le courrier professionnel, propositions d'articles, demandes de préfaces, bulletins de sociétés littéraires, élucubrations de fous ou de folles, un écrivain reçoit-il tellement de lettres dignes de retenir son attention ?

Ton audace portera ses fruits, Étienne : avec dix auteurs consacrés, dont tu connais bien l'œuvre, tu établiras une correspondance régulière qui, au fil des années, deviendra plus intime. Certains, bientôt, t'appelleront « mon fils ». Tu seras reçu. Tu écouteras avec respect la parole du maître. Se prenant pour le Messie des lettres, il te présentera aux visiteurs de passage :

« Mon disciple », et tu prendras l'air dévôt du caté-
chumène.

Peut-être te demandera-t-il de l'accompagner en
province où il doit prononcer une conférence, dédicacer son dernier ouvrage. Il n'est pas exclu qu'il te fasse
convier à l'un de ces dîners dont il est l'invité d'honneur
et où une dame qui se pique de littérature ne dédaigne
pas d'accueillir, en bout de table, un jeune garçon dont
on lui dit qu'il sera l'une des gloires de demain. Il n'est
pas impossible que, menacé par la cataracte, il te
propose de l'aider à réunir la documentation de son
prochain livre ou à établir la présentation définitive de
ses œuvres complètes, toutes prêtes pour la suprême
consécration : *La Pléiade*.

Tandis que tu adopteras, Caradet, tes pères et mères
en littérature et deviendras leur enfant chéri, observe,
à travers les bouquins qui paraissent et les chroniques
des magazines littéraires, quels sont les jeunes écrivains
qui se font remarquer par un talent éclatant, l'invention
d'un style original, leur insolence ou leur effronterie. Ils
sont les loups aux dents longues qui, demain, conduiront les Lettres françaises. À eux aussi, tu vas écrire.
Pour ces quasi-débutants, tu es un concurrent. Ce que
tu dois proposer, à demi-mot, c'est un pacte de
non-agression. Mieux encore : un traité de coopéra-
tion. Faisons-nous la courte échelle. Tu parles de mon
livre, et moi du tien. Tu me présentes à la comtesse du
Bois, je t'obtiens une chronique dans *La Galère* (on ne
peut écrire en même temps dans plusieurs revues,
autant que la place soit tenue par un ami qui t'en sera
peut-être reconnaissant). Allons ensemble au grand
cocktail annuel des Éditions Delmond. On y rencontre
du monde utile. Je t'y présenterai. Tu m'y présenteras.

C'est tout un travail. Mais si tu doutes de son efficacité, étudie la correspondance des hommes de lettres des siècles passés.

Aujourd'hui, plus personne, ou presque, n'écrit de lettres. Le téléphone a tué ces échanges de longues missives ou de piquants billets qui faisaient le charme des époques révolues et témoignent d'un art de vivre raffiné. Seuls, quelques écrivains s'adonnent encore à l'exercice épistolaire. Pratique-le aussi, pour ta plus grande gloire future.

Tu tisseras, lettre après lettre, un fin réseau d'amitiés, de patronages, de complicités. Parce que ce labeur de fourmi t'aura permis d'échapper à l'anonymat, on se souviendra de toi lorsqu'on cherchera à qui confier une rubrique, le critique qui recevra ton livre le lira, l'animateur d'une émission de télévision t'invitera, le juré du prix littéraire affirmera : « Il faut couronner Caradet. »

Un jour, enfin, la cinquantaine venue, tu pourras multiplier les visites riches de sous-entendus qui te conduiront, à pas mesurés, vers l'immortalité.

15

Comment écrivez-vous ?

COMMENT écrivez-vous ?
La question déroute Étienne Caradet : il écrit
comme il respire, comme il marche, comme d'autres
parlent, dessinent, jouent de la musique. L'interroga-
tion gêne sa pudeur. Elle lui paraît une intrusion dans
son intimité, comme si on lui demandait comment il fait
l'amour.

La dame à qui tante Jeanne a présenté son neveu
« qui vient de publier un roman » insiste :
— Comment écrivez-vous ?

Imaginent-ils, ces curieux, ces indiscrets, ces voyeurs,
que les écrivains, tels des sorciers, détiennent le secret
de l'alchimie des mots, ont découvert la pierre philoso-
phale qui donne accès au talent ? Qu'il suffit d'une
robe de bure et de litres de café pour devenir Balzac ?
Anxieux de connaître la recette, ils répètent :
— Comment écrivez-vous ?

Les névrosés, les inspirés, les paresseux acculés à
leurs engagements conçoivent dans la fièvre et la hâte.
Ils se claquemurent, se jettent sur le papier, griffent la
feuille, raturent, déchirent, transpirent, gémissent,

grimacent, souffrent de crampes, s'abattent sur un grabat, se relèvent d'un bond sous l'aiguillon de l'inspiration. Comme on pousse un long cri, sans répit, ils luttent corps à corps avec leur œuvre ou, regard extasié, tracent sans une hésitation, d'une écriture magique, les phrases dictées par le ciel. Éblouis, épuisés, ils émergent d'une ultime nuit blanche, tenant à la main un paquet de feuillets noircis : c'est, peut-être, un chef-d'œuvre.

Stendhal rédigea, en quelques jours, *La Chartreuse de Parme*. Il ne fallait qu'une semaine à Simenon pour achever un roman, et Camus écrivit *L'Étranger* en un mois et demi.

C'est l'exception. Le plus souvent, artisans penchés sur leur labeur, assis à leur table comme devant un établi, ils tracent, ligne après ligne, les chapitres de leur ouvrage. Chaque soir, ils recopient, proprement, les deux ou trois feuillets conçus dans la journée, et recommencent le lendemain. C'est ainsi que se fabriquent les romans en apparence les plus spontanés, les plus échevelés, les plus passionnés : au terme de mois, et parfois d'années, de longue patience.

Chacun a ses habitudes. Celui-ci se lève avant l'aube et, au moment où les autres partent pour leur travail, a déjà rédigé ses trois feuillets quotidiens. D'autres préfèrent la nuit. D'aucuns rêvent longtemps et écrivent vite. Les méticuleux progressent avec lenteur. Les scrupuleux corrigent beaucoup. Les nerveux déchirent et recommencent. Les besogneux font leurs huit heures, comme un ouvrier.

Les écrivains cultivent leurs manies. L'un affectionne un papier mauve, l'autre un vélin crissant, celui-ci, comme un potache, utilise des copies à petits carreaux, celui-là emplit de pattes de mouche un cahier d'écolier. Jacques Perret préférait un papier pelure de couleur rose, Michel Mohrt écrit en diagonale sur des feuilles vert pâle. Tel littérateur jette ses idées sur n'importe quel bout de papier, tel autre ne se sépare jamais d'un carnet à élastique dans lequel il note tout, idées, remarques, membres de phrases, aphorismes et rendez-vous.

Certains se servent d'un stylographe : encore faut-il en choisir la marque, que sa forme se marie avec la main, que la plume soit fine ou douce, que l'encre ne sèche pas lorsque l'inspiration reste en suspens, qu'elle ne tarisse pas lorsque la fièvre hâte la main. La couleur de l'encre n'est pas indifférente. Quelques traditionalistes en tiennent toujours pour la plume sergent-major et déplorent que l'encre violette devienne introuvable. Beaucoup disposent sur leur table, avant de se mettre à l'œuvre, une batterie de crayons finement taillés, de stylos-feutre ou de crayons à bille. Certains, qui tapent directement à la machine ou s'en servent pour recopier leur travail, ne se sépareraient pas de leur vieille Underwood.

Les fétichistes s'entourent d'objets futiles ou indispensables. Les inquiets conservent à portée de la main toutes sortes de dictionnaires et d'ouvrages de référence. Les fumeurs ne pourraient concevoir sans leur ratelier à pipes, leur pot à tabac, leur stock de cigarettes. Celui-ci se distrait avec un jeu de cartes et tente des patiences tandis que les phrases s'ordonnent dans sa tête.

Il y a ceux qui dictent au magnétophone une version qui, une fois tapée, leur sert de premier jet.

Les jeunes et les modernistes n'imaginent pas utiliser

d'autre technique que la machine à traitement de texte. Ils composent sur un clavier silencieux, contrôlent sur un écran, corrigent, suppriment, inversent les paragraphes, réordonnent les chapitres avant de fournir un texte impeccable sorti sur imprimante laser. Ils remettent à leur éditeur des disquettes qu'il suffit de placer dans un terminal connecté à la photocomposeuse de l'imprimeur.

N'en déplaise aux amateurs de littérature qui se font de la création une image romantique, l'objet le plus utile à l'écrivain n'est ni le stylo ni la machine à écrire, le crayon-feutre ou l'ordinateur : c'est la corbeille à papier. L'auteur en quête de perfection rature, corrige, supprime, rétablit, déchire, recommence. Quel que soit son outil de travail, il est probable que ses essais et ses remords emplissent un réceptacle qu'il doit vider plusieurs fois par jour. La poubelle est l'arme secrète des écrivains au style le plus dépouillé.

Qu'ils soient modernes ou vieux jeu, les hommes de lettres sont routiniers et superstitieux : s'ils ne disposent pas des instruments qu'ils affectionnent, s'ils sont écartés de leur cadre de prédilection, ils deviennent incapables de créer.

Si le silence et l'isolement semblent favoriser la concentration, nombreux sont les hommes et les femmes de lettres qui préfèrent le brouhaha d'un café, laissent fonctionner la radio ou composent sur fond de musique. L'un s'enferme dans une chambre d'hôtel, volets clos, tel autre a besoin du pépiement des oiseaux ou du grondement du ressac. Si Balzac se vêtait de bure, tel romancier s'habille en femme pour conter les amours d'une courtisane. Celui-ci se cravate strictement, celui-là s'enveloppe dans une houppelande.

D'aucuns accueillent l'inspiration à l'aise dans le velours ou la flanelle, certains, en tenue sportive, l'affrontent à bras-le-corps.

Attelés à leur tâche, des heures durant, jour après jour, les écrivains souffrent : ils ont mal aux fesses et aux reins, la crampe les guette. Ils choisissent leur siège, installent des coussins. À moins qu'ils ne préfèrent écrire dans leur lit, calés par des oreillers. Des hommes de lettres affectionnent d'écrire debout, la tête haute et le regard lointain, face à des pupitres rehaussés ; les intellectuels aiment le marbre des bistrots ; les écologistes scandent en marchant dans la forêt ; les philosophes méditent le long des grèves ; les romantiques versifient au bord des lacs.

– Comment écrivez-vous ? demandent les naïfs.

Qu'importe !

Ailleurs se cache le mystère.

16

Point-virgule

JE n'aurais pas dû mettre de cravate, se reproche Caradet.

Lorsque Linda a annoncé à Étienne que Radis-Selles le conviait à participer à son émission « Point-Virgule », tante Jeanne a triomphé :

— C'est la moindre des choses que tu passes à la télévision !

Ignore-t-elle, dans l'aveuglement de son orgueil familial, que huit auteurs chaque semaine accèdent à cet honneur tandis que paraissent plusieurs dizaines de livres ? Déjà, elle s'inquiète :

— Comment vas-tu t'habiller ?

Caradet n'a guère le choix : le costume de velours bleu marine fera l'affaire. Tante Jeanne lui a offert une cravate d'une sobre élégance :

— Avec une chemise blanche, tu seras très chic.

Les quatre invités, dans l'antichambre du studio, tentent de dissimuler leur anxiété. Antoine Radis-Selles leur a dit :

— Faites connaissance. Je reviens dans un instant.

Les participants à l'émission n'osent trop bouger :

des spécialistes ont enduit leur visage de fond de teint, camouflé les rides et les joues mal rasées, poudré les nez luisants. Comme des femmes coquettes, ils craignent de craqueler leur maquillage.

— Je n'aurais pas dû mettre de cravate, se répète Caradet.

Il est plus furieux encore d'avoir suivi les conseils de sa tante lorsqu'il observe comment s'est vêtu Richard : veston beige en cheviotte, chemise bleu ciel à col ouvert, longs cheveux bouclant sur les épaules, Louis-Philippe offre l'image parfaite du nouveau romantique.

— Mon précédent livre a dépassé les deux cent mille, claironne Prosper Castefigne.

Avant de savoir qu'il participait à l'émission, Étienne n'avait pourtant jamais entendu le nom de cet auteur qui proclame ainsi ses succès. On ne peut tout savoir. Richard, mieux informé, glisse dans l'oreille de Caradet :

— C'est un nègre qui écrit ses livres.

Indifférent à la rumeur, Castefigne, d'un verbe ensoleillé, assène le chiffre de ses tirages, l'abondance de ses traductions, le montant de ses adaptations télévisuelles. Il questionne, impertinent et indiscret :

— Que vous donne La Margelle, comme à-valoir ? Moi, à L'Absolu, j'exige un million. Et je l'obtiens.

Louis-Philippe Richard sourit, complaisant. Le quatrième invité ne dit rien : assis, placide, il attend. Mais quelle dégaine ! Un écrivain, ça ?

Radis-Selles revient, escorté d'une assistante :

— Marie-Claude va vous installer.

— Après toi, dit Caradet à Richard.

— Pas de tutoiement pendant l'émission, intervient

146

Radis-Selles. Les téléspectateurs soupçonneraient le copinage.

Les quatre auteurs sont assis trop bas dans des fauteuils trop mous. Radis-Selles, le buste droit, juché sur un tabouret, les domine. Chacun porte un minuscule micro accroché à sa cravate ou à sa chemise. Les projecteurs braqués éclairent les visages. Trois caméras sont prêtes à les cadrer sous tous les angles. Caradet sent la transpiration sourdre sous son fond de teint.

Face à des millions de téléspectateurs, Étienne, c'est le moment de te montrer brillant. L'expérience de Radio Saint-Marin t'a servi de leçon. Cette fois-ci, tu as préparé et appris par cœur quelques jolies phrases sur toi, sur ton livre, avec la volonté ferme de les prononcer. Tu le sais, et Linda te l'a répété, cette émission est la chance de ta vie. Une bonne prestation t'arrachera à l'anonymat, te propulsera vers les forts tirages, attirera l'attention des critiques et des jurés. L'attachée de presse roucoulait devant Jean-Robert Dupuis :

— Je suis si contente d'avoir pu obtenir de mon ami Radis-Selles qu'il fasse passer Caradet.

Elle mentait : c'est Radis-Selles qui en a pris l'initiative après avoir lu l'article de Canini. Il a pensé : « Les premiers pas maladroits d'un débutant peuvent constituer un bon thème pour la rentrée. »

Professionnel habile, le présentateur sait qu'une émission, même littéraire, doit d'abord offrir un spectacle. Il a composé son plateau.

— Antenne dans une minute, annonce une voix sortie d'un haut-parleur.

Louis-Philippe Richard fait gonfler ses cheveux ; Étienne Caradet touche sa cravate ; Prosper Castefigne s'éclaircit la voix ; le quatrième invité s'assoit sur le

147

bord de son fauteuil. Antoine Radis-Selles jette un dernier regard sur la fiche qu'il tient à la main et répète à voix basse, en remuant les lèvres, les phrases d'introduction qu'il a préparées. Les techniciens, derrière leurs caméras, vérifient leur mise au point. Une lampe rouge s'allume. La musique du générique de l'émission emplit le studio. L'une des caméras cadre Radis-Selles puis, en un lent panoramique, balaye les invités : voici Richard, pose détendue et offrant son meilleur profil, Castefigne au sourire satisfait, et l'étonnant personnage qui semble débarquer tout droit d'un galion. Ses mains musclées doivent être plus accoutumées à manier l'épissoir que la plume. La peau tannée, avec au coin des yeux les pattes d'oie de ceux qui scrutent l'horizon, le visage encadré de favoris, les cheveux noués en catogan par un lacet de cuir, un anneau d'or dans l'oreille, l'homme sur qui s'attarde la caméra montre des traits burinés au-dessus d'un torse puissant. La chemise de toile bleue aux coutures apparentes, déteinte par cent lavages, rincée par les embruns, s'échancre sur un cou massif orné d'un collier fait de dents de requins tenues par un filin torsadé. Les manches, à demi retroussées, laissent deviner l'amorce d'un tatouage. Le ventre, massif comme un coffre de corsaire, est tenu par un large ceinturon. Les jambes du pantalon de coutil entrent dans de courtes bottes en cuir ouvragé.

Que vient faire un tel personnage dans une émission où l'on parlera de romans et de littérature ? s'indigne Caradet.

Dupuis, devant son téléviseur, Linda qui assiste à l'émission s'inquiètent : aux côtés d'un tel monument, Caradet fait pâle figure : les éclairages accentuent l'anxiété de son visage, les verres de lunettes jettent des éclats froids, la chemise blanche durcit les traits, la cravate sobre devient terne, le costume bleu marine est sinistre. Pour tout dire, Étienne, tu as l'air d'un croque-mort stagiaire. Qui serait tenté de te lire ? La conscience que tu en prends soudain ne peut qu'accroître ta panique face aux caméras au-dessus desquelles s'allument, alternativement, les lumières rouges. Comme dans un brouillard, tu entends la voix de Radis-Selles :

— Nos invités sont aujourd'hui quatre écrivains fort différents : deux d'entre eux font leurs débuts en littérature, le troisième, malgré sa jeunesse, publie déjà son second roman, tandis que le quatrième appartient à la catégorie heureuse des auteurs à succès. Le thème de « Point-Virgule », ce soir, sera : comment débute-t-on dans les lettres ? Suffit-il d'envoyer son manuscrit à un éditeur ? Existe-t-il une méthode pour réussir ? Prosper Castefigne, *Canebière*, qui vient de paraître aux Éditions de l'Absolu, est le troisième volume de votre grande saga, *Les Fils d'Europe*.

La caméra montre en gros plan le visage de Castefigne qui arbore un sourire faussement modeste et est assez habile pour garder le silence tandis que Radis-Selles continue :

— Vous êtes ce qu'on appelle un écrivain populaire.

— Si c'est être un écrivain populaire que d'être lu par tout le monde, alors, oui, je suis un écrivain populaire, et je m'en réjouis, répond l'homme à l'accent du midi avec un rire jovial.

Castefigne a repéré sur quelle caméra s'éclaire la lampe rouge. Il la fixe avec un regard chaleureux :

chacun des téléspectateurs sent bien que l'écrivain s'adresse personnellement à lui, a écrit pour lui.

— Louis-Philippe Richard, enchaîne l'animateur, à vingt ans à peine, vous faites paraître chez Delmond votre second roman.

— *Les Faux-Semblants*, c'est le titre de mon deuxième livre, prolonge l'œuvre romanesque entamée avec *Le Vice caché* que la critique et vous-même, Antoine Radis-Selles, aviez accueilli avec indulgence.

Louis-Philippe Richard s'exprime avec aisance, souligne ses propos d'un geste de ses belles mains aux doigts fins. Jouant sur sa jeunesse, il s'abstient de faire remarquer que voici déjà plusieurs années qu'il a vingt ans à peine. Avec une adresse qui fait enrager Caradet, il est parvenu en une seule phrase à rappeler le titre de ses deux livres et à remercier les critiques. Radis-Selles apprécie que le jeune homme ait cité son nom :

— *Le Vice caché* marquait en effet de façon brillante votre entrée dans la littérature, Louis-Philippe Richard (Radis-Selles sait renvoyer l'ascenseur), et c'est justement un nouveau venu dans le petit monde des lettres que nous recevons ce soir. Étienne Caradet, vous publiez votre premier roman, et un de mes confrères, non sans malice, vous a traité de « Rastignac de sous-préfecture ». Vous arrivez d'une petite ville du Puy-de-Dôme...

— De Brioude, en Haute-Loire, rectifie Caradet, indisposant ainsi le présentateur qui abandonne le petit écrivain pour se tourner vers le quatrième personnage :

— Quant à M. Brigantin...

— Brigantin tout court, si vous permettez. Dans notre univers, le « Monsieur » n'a pas cours.

La voix est cassée, comme d'avoir trop crié dans la

tempête. Elle semble voilée d'écume, étouffée par un paquet d'algues, éraillée par le tafia. Elle s'impose, on l'écoute.

— Brigantin, donc, reprend Radis-Selles avec un sourire amusé, qui nous arrive tout droit du grand large pour nous conter ses aventures de mer dans un livre qui s'appelle...

— *Brigantin*, tout simplement : c'est ma vie.

À voir le visage tanné, les traits burinés du héros, chacun devine que souffle dans ce récit le vent de la flibuste. On ne doit pas s'ennuyer avec Brigantin. Richard le confirme :

— J'ai beaucoup aimé le livre de Brigantin, intervient-il. Quelle truculence, quel ouragan ! Brigantin m'a empoigné à bras-le-corps, je l'ai lu d'une traite et je me suis retrouvé à l'aube épuisé comme si j'avais traversé un coup de tabac.

— C'est chouette, ce que tu dis là, mon gars, épissé serré comme par un matelot premier brin. Sûr que mes histoires, c'est pas de la grande littérature comme ce que t'écris.

Radis-Selles, ravi, se garde bien de rectifier le tutoiement : le succès de l'émission est assuré, la mayonnaise a pris, le dialogue est amorcé. Caradet n'y a aucune part. Si Richard est parvenu à ramener l'attention sur lui et à se faire un allié de cette espèce de forban, Étienne, lui, n'a pas lu le livre de ce Brigantin, ni *Canebière* de Castefigne dont la suffisance l'agace. Négligeant la règle du jeu, il ne s'est préoccupé que de préparer les phrases grâce auxquelles il présenterait L'ILLUSION.

Les minutes passent. Castefigne fait peut-être écrire ses livres par un autre, mais c'est un conteur chaleureux, habile à mobiliser son auditoire, à mettre en valeur l'histoire qu'il met en scène dans *Canebière* et qu'il donne envie de lire. Sans doute, estime Caradet, en fait-il trop, et sa faconde n'a pas l'authenticité du ton de Brigantin : dès que le marin parle, déferle la brise du large, éclatent les mutineries, brille l'or des trésors engloutis.

Richard à nouveau s'impose : grâce à la connivence qu'il a su établir avec l'homme de mer, il parvient à trouver un thème commun avec le sujet des *Faux-Semblants* et permet ainsi à Radis-Selles de reprendre la direction du débat :

— Précisément, Louis-Philippe Richard, une phrase m'a frappé dans votre roman...

Le présentateur saisit, sur une table basse, un exemplaire des *Faux-Semblants*, l'ouvre à une page marquée par un signet. Radis-Selles, jouant avec ses lunettes, lit :

Le fleuve étale ses eaux brun pâle entre les rives plates bordées de mangroves. De loin en loin, la berge s'entrouvre à l'embouchure d'un bolon, bras de mer ou cours d'eau qui s'enfonce et serpente vers les profondeurs mystérieuses de la végétation. Les pêcheurs en pirogue lancent leur épervier d'un geste noble et large de semeur. Les poissons argentés sautent, les cormorans plongent, les pélicans patauds décollent avec des lourdeurs d'hydravion, les sternes volètent, les cigognes blanches nichent dans les hautes branches des baobabs...

En même temps, sur les écrans, apparaît en gros plan la couverture du livre à côté du visage attentif de l'auteur.

La caméra revient sur Radis-Selles qui referme le

livre avec un sourire et pointe ses lunettes vers Richard :

— Vos descriptions sont splendides. Vous avez vécu ces aventures, comme Brigantin ?

— Je suis heureux que vous ayez choisi ce passage des *Faux-Semblants*, car il permet de marquer toute la différence entre le récit vécu et la création qui est le propre du romancier...

Tandis que Richard parle, de son ton empreint d'un soupçon de préciosité, Caradet tente de se souvenir des phrases brillantes qu'il a préparées : mais ce n'est jamais le moment de les glisser dans la conversation générale. Il ne possède ni le culot de Brigantin, ni la suffisance de Castefigne qui n'hésite pas à se saisir de la parole.

Le temps imparti à l'émission est déjà presque achevé. Antoine Radis-Selles s'en avise, s'adresse à brûle-pourpoint au timide écrivain :

— Mais nous n'avons guère entendu notre Rastignac de sous-préfecture. Racontez-nous, Étienne Caradet : vous êtes monté à Paris, votre manuscrit sous le bras, avec l'ambition de faire carrière dans les lettres, et les éditeurs vous ont accueilli avec enthousiasme ?

Tu t'attendais, Étienne, à ce que l'animateur t'interroge sur ton livre, et sa question te prend au dépourvu.

— Cela n'a pas été aussi facile...

Ton air laisse entendre, à l'évidence, que tu as dû frapper à bien des portes et te contenter de ce que tu as trouvé. À l'inverse de Prosper Castefigne, commis voyageur qui vante sans vergogne son roman-fleuve avec des finesses de camelot, tu ne sais guère mettre L'ILLUSION en valeur. La gorge sèche, la voix détimbrée, tu cherches tes mots alors qu'il faudrait captiver. Sans doute écris-tu bien, mais tu parles mal. Anxieux de tout dire, tu embrouilles tes phrases. Tes regards lancent des S.O.S sous l'œil indifférent de Richard. Radis-Selles, qui n'oublie pas que l'écrivain débutant l'a contrarié au début de l'émission, le laisse sombrer, et Brigantin se dit qu'il n'a aucune raison de jouer les sauveteurs bretons. L'un des cameramen, qui s'ennuie, glisse à son collègue :

— On va se marrer. Je vais lui faire sa fête, à l'intello petit-bourgeois.

Il cadre avec cruauté les lunettes aux reflets aveugles, s'attarde sur les mains qui se crispent. D'un coup de zoom arrière, il élargit le champ jusqu'aux mi-bas tombant sur les chaussures en cuir jaune et qui découvrent, sous les revers du pantalon, la chair blanche des mollets.

L'émission arrive à son terme. La plupart des téléspectateurs, que l'heure tardive entraîne au sommeil, ont arrêté leur récepteur lorsque Caradet a commencé à bafouiller. Ceux qui se sont obstinés conserveront l'image d'un jeune homme triste aux propos embarrassés et qui montrait ses mollets. Pourquoi désireraient-ils lire un roman dont à aucun moment, réalise soudain Caradet, mais il est trop tard, personne n'a cité le titre.

Le lendemain, l'autobiographie de Brigantin appareille pour sa croisière de best-seller et *Les Faux-Semblants* commence une belle carrière : le roman de Louis-Philippe Richard ne figure-t-il pas parmi les favoris des prix littéraires de l'automne ? Il faut absolument l'avoir lu.

17

Le Prix

DEPUIS un mois, les gazettes distillent les potins et hasardent les pronostics : vingt romans sont au départ de la course aux prix. Les chroniqueurs étalent les pedigrees, pèsent les chances des cracks et des outsiders, des pouliches et des quatre ans. Les entraîneurs lâchent des confidences, les jockeys galopent des canters devant les caméras et derrière les micros. Les échotiers osent des paris.

L'ILLUSION ne figure pas sur la liste des partants.

— Tu es encore trop jeune, explique Linda. C'est ton premier roman, la critique est loin d'être unanime, ton passage à « Point-Virgule » n'a pas convaincu et tu n'as guère fait la cour à ces messieurs et ces dames des jurys.

Ce n'est pas comme Louis-Philippe Richard : « Le prix Pénélope a été décerné à Louis-Philippe Richard pour son roman *Les Faux-Semblants* », annonce la radio.

L'écrivain n'est pas pris au dépourvu : il était embusqué dans un café proche du restaurant où siège le jury. Son éditeur vient l'y chercher. Le lauréat a déjà préparé les phrases faussement confuses de modestie et de gratitude qu'il prononcera lors des interviews. En attendant la proclamation, il a fignolé la chronique qui paraîtra dans *Le Figaro* du lendemain. Il a ressorti d'un tiroir la nouvelle inédite que publiera *Le Monde* de samedi. Au Journal télévisé, on le verra heureux et bousculé au milieu des journalistes. Dès le jour suivant, son roman trônera dans les vitrines et sur les comptoirs des libraires orné d'une bande rouge portant en larges caractères blancs : PRIX PÉNÉLOPE.

Linda commente, perfide :

— Richard n'a pas volé son prix. Il y travaille depuis un an. Il n'y a pas de semaine qu'il n'ait courtisé ces dames du Pénélope. Il a sollicité l'honneur de venir lui-même déposer son livre chez chacune d'elles. Dans des tasses de fine porcelaine, il a bu des thés insipides. Dans des salons assombris par de lourdes tentures, assis dans des fauteuils Louis XVI, il a écouté sans manifester d'impatience des récits d'un autre temps. Il a ri lorsque ces dames ont rapporté les mots d'esprit de leurs petits-enfants. Il a fait porter des fleurs. Lorsqu'il s'est absenté de Paris, il a envoyé une lettre de Florence et des bêtises de Cambrai...

Ce que ne dit pas Linda, ce que cache Dupuis, c'est que Delmond aussi a fait ce qu'il fallait.

Ce n'est pas que les courses aux prix soient truquées, mais l'accès à la piste est réservé à quelques écuries dont les entraîneurs sont les plus habiles et savent préparer les meilleurs poulains. Les dés ne sont pas pipés, mais les jurés sont des hommes de lettres et, comme tels, liés à des éditeurs qui les publient, où ils dirigent des collections. Ils restent tributaires de magazines dans lesquels ils tiennent une rubrique. Les jurés ne sont pas vénaux, mais dans les bureaux des éditeurs, dans les embrasures de fenêtres, au restaurant Le Récamier entre le sorbet et le café, ils entendent prononcer le nom de lauréats possibles, voire souhaités. Le hasard veut aussi parfois qu'on leur propose au même moment la direction d'une nouvelle collection, la réédition de leurs ouvrages épuisés, la rédaction d'une préface généreusement rétribuée, qu'on leur laisse entendre qu'on pourrait appuyer leur candidature à l'Académie, leur promotion dans l'ordre de la Légion d'honneur, qu'on les invite pour quelques jours à Venise avec la dame de leur choix... Les moyens sont si nombreux, les façons de soutenir un éventuel lauréat si variées, les influences si diverses que, prétendent les optimistes, les recommandations s'annulent. Peut-être.

Car, et c'est ce qui t'agace le plus, Étienne, le roman de Richard est insolent de talent. L'imagination jaillit à chaque page, le ton est nouveau, l'écriture vive. Ce n'est pas le cas des romans primés par le Goncourt ou le Renaudot, estime Caradet qui, dans son amertume, se demande pourquoi ils ont été couronnés. L'ILLUSION, selon lui, est bien meilleur.

Disposés selon un ordre subtil autour d'une table approvisionnée en mets choisis et en vins d'un bon millésime, ces messieurs et cette dame du jury Lonverge délibèrent. Ils se sont beaucoup téléphoné, confiant leurs découvertes, avouant leurs préférences, taisant des secrets, susurrant de fausses confidences, murmurant des allusions, laissant deviner des sous-entendus. Ils ont dressé la liste des possibles. Maintenant, il faut trancher. Aux hors-d'œuvre, le tour de table est exploratoire. Chacun vante les mérites du candidat qu'à ce stade il préconise. Les machiavéliques se gardent en réserve un lauréat de remplacement. À la sole dieppoise, chacun explique ses réticences à l'égard des choix de ses collègues :

— Drouchy est trop vieux. Il aurait fallu le couronner il y a dix ans.

— C'est parce qu'il est vieux qu'il faut s'empresser de lui décerner le prix, plaide son supporter. Sinon on dira encore : « Les jurés du Lonverge ont loupé Drouchy. »

— Routard a gagné beaucoup d'argent avec son dernier livre. Il n'a pas besoin du Lonverge.

— Solaire m'a démoli l'autre jour au Pont-Royal. On me l'a répété. Moi vivant, il n'aura jamais le Lonverge.

— Chirouble est jeune, il peut attendre.

— Fonssagre est chez Francitare qui a déjà eu le prix l'an dernier.

La poularde aux morilles a été dépecée au milieu des discussions. Nourri de vins capiteux, le ton s'est échauffé. L'arrivée de la cassate jette un froid : il faut voter. Aucun livre, cette année, n'émerge. Celui-ci déroute par son audace ; cet autre écrivain possède un passé politique trop chargé. Après six tours de ballottages, compromis et vetos, en désespoir de cause et parce qu'il faut en finir, les électeurs se rallient sur un nom, sorte de plus petit commun dénominateur, au bénéfice de la médiocrité.

Mais toi, Caradet, tenu à l'écart des terrains d'entraînement et du champ de courses, tu piaffes, tu rues. Jean-Robert Dupuis avait affirmé : « Votre roman sera un bon candidat à l'Interallié ou au Médicis. » Puis il a laissé son poulain brouter seul dans son coin de pré. Une fois, *L'ILLUSION* a été cité dans une liste de

158

possibles. Encore ne s'agissait-il que d'une chronique parue dans une revue à diffusion confidentielle.

Et soudain Linda explose :

— É-ti-enne ! C'est mer-veil-leux : on parle de toi pour le prix Guillaume Bidon.

Elle précise :

— Ce n'est pas à négliger. Le Bidon est un bon petit prix.

Linda omet de préciser qu'il se donne en France, chaque année, mille cinq cents prix littéraires, de notoriété fort inégale, mais dont le moindre est un encouragement au début d'une carrière.

Naïf et crédule, Caradet attend, le cœur battant, les délibérations. Tenteras-tu, Étienne, de tromper ton angoisse en te rongeant les ongles dans un bistrot proche du restaurant où se gobergent les jurés ? Les journalistes tendront-ils vers toi leurs micros ? Braqueront-ils leurs caméras pour saisir les premiers mots, montrer le visage du nouveau lauréat ? Seras-tu, à l'instar de Richard, fêté et bousculé ? Te découvriras-tu soudain cent amis ? Non.

Le prix Guillaume Bidon se décerne dans le secret d'un hôtel particulier du faubourg Saint-Germain : c'est ici qu'habite la veuve de l'homme d'affaires épris de littérature qui, dans son testament, a ménagé une dotation afin que soit créée une récompense qui perpétue sa mémoire. L'annonce de l'attribution du prix est discrète et feutrée : une lettre aimable, adressée aux bons soins de La Margelle, informe Caradet que le prix Guillaume Bidon lui a été attribué et lui sera remis, le 20 novembre à 18 heures, dans les salons d'un café littéraire. Enfin, Étienne, tu seras célébré.

Au premier étage bas de plafond du Procope, entre

les lambris séculaires, le petit écrivain, ému et emprunté, est accueilli par un quarteron de vieillards courtois et poussiéreux, par une dame âgée et sourde – la veuve du regretté Guillaume Bidon. La presse a délégué une escouade de grouillots d'agences, de stagiaires effrontés et de chroniqueurs faméliques de feuilles à faible tirage. Quelques photographes font de leur mieux pour aveugler de leurs flashes l'heureux élu ; les journalistes sollicitent le commentaire qui leur évitera de lire *L'ILLUSION*, griffonnent quelques mots sur un carnet, se font dédicacer un exemplaire du roman avant de se ruer vers le maigre buffet où les ont déjà précédés des confrères moins consciencieux et les vieillards ravis de l'aubaine.

Avec complaisance, Étienne, tu as écouté le discours chevrotant et louangeur du secrétaire général du prix. Tu as entendu les quelques applaudissements. Tu as serré des mains aux doigts noués d'arthrite et balbutié des remerciements. Maintenant, tu souris aux photographes, tu joues le gracieux auprès des jurés et le galant face à Madame veuve. Tu racontes le sujet de ton livre à de hâtifs gribouilleurs de calepins. La radio n'est pas là ; ni la télévision. Dommage : ta prestation est en progrès.

Tu as glissé dans ta poche l'enveloppe qui contient le chèque qui t'a été remis. Même si l'inflation a érodé la donation léguée par Guillaume Bidon, le mince montant du prix est le bienvenu. D'autant qu'il s'agit d'un gain aléatoire non soumis à prélèvement fiscal.

Le lauréat repart, passablement déçu : ce n'est ni le Médicis, ni le Femina. Le prix sera signalé par un entrefilet de cinq lignes dans quelques journaux. Et, malgré les promesses de Dupuis, aucune bande n'ornera la couverture de L'ILLUSION.

La désillusion te rend injuste, Étienne. Ces jurés ont lu les livres parus cet automne. C'est le tien qu'ils ont préféré. Pour un premier roman, n'est-ce pas encourageant ? Nombre de jeunes auteurs n'ont pas ta chance. Et Louis-Philippe Richard ne t'a-t-il pas envoyé un mot gentil pour te féliciter ?

C'est ce que tu aurais dû faire lorsqu'il a reçu le Pénélope. Mais maintenant il est trop tard : inutile de te forcer à balbutier quelques paroles aimables lorsque, quelques jours après, le hasard te fait rencontrer Louis-Philippe. Le lauréat, d'un geste désinvolte, coupe court, propose :

— Un petit café ?

Dans le bistrot de la place Saint-Sulpice, Étienne, qui a commandé un crème, se réchauffe. L'auteur des Faux-Semblants feint de s'étonner :

— On ne t'a pas vu à Brive ?

Il insiste, faussement candide :

— Tu aurais dû venir : Bernard en a fait le plus important rendez-vous du livre après le Salon de Paris.

Devant l'air interrogateur d'Étienne, il précise :

— Bernard Martinat, le délégué général.

Il écarte le sucrier :

— Il faut que je me mette au régime : j'ai pris au moins deux kilos !

Richard raconte à Caradet la Foire du livre qui se tient chaque année dans la capitale de la Corrèze, le train spécial dans lequel se retrouvent les écrivains, les éditeurs, les critiques, où déjà commence la fête sur fond de ripaille. Il s'esclaffe :

— Qu'est-ce qu'on a pu bouffer ! Une orgie de foie

gras. Si tu passes par là, va déjeuner à La Crémaillère. Commande le gâteau de cèpes, tu ne seras pas déçu. Et ne manque pas La Périgourdine : le magret aux myrtilles est inoubliable. Je couchais à La Borderie, en pleine campagne, le calme et des dîners à te faire rêver !

Il parle aussi du public qui, pendant deux jours, se presse, et des deux cents dédicaces qu'il a données :

— J'ai été obligé d'arrêter : ils manquaient de livres.

Il évoque en riant le train du retour où chacun dort, épuisé d'avoir trop bu, trop mangé.

Il répète, cruel :

— Tu as manqué quelque chose !

Tandis que Richard parle, Caradet sent la colère monter. Pour une fois, se dit-il avec amertume, la littérature l'aurait nourri.

Lorsqu'il proteste auprès de Linda, l'attachée de presse réplique, désinvolte :

— Ils ne peuvent pas inviter tout le monde.

Tout en composant un numéro de téléphone, elle jette :

— Tu n'es jamais content !

18

La vente

Vêtu de vison et de rosettes, le Tout-Paris visite l'exposition. Chaque année, le premier samedi de décembre, sous les lustres de cristal d'un hôtel Second Empire, les dames du monde convient leurs amis : elles vendront les ouvrages de tel écrivain. Il faut y aller. On y verra des gens célèbres. On y retrouvera les Chose et les Machin à qui on a téléphoné. Ce sera amusant de côtoyer les hommes de lettres. Les fêtes de fin d'année approchent : si l'on donnait un livre à tante Madeleine ? Dédicacé par l'auteur. Triple avantage : on fera une politesse à la comtesse de la Broche qui tient un stand et a envoyé une invitation ; on aura un cadeau peu cher mais personnalisé pour Madeleine ; et ce sera au profit d'une Œuvre (on a oublié laquelle, mais qu'importe ?).

Dès 14 heures, les écrivains font leur entrée, par ordre croissant de notoriété ou du sentiment qu'ils en ont. Les besogneux, les consciencieux, les inquiets sont là avant l'heure. Les vedettes se font attendre. Sous les panneaux qui indiquent leur nom comme celui des chevaux dans les boxes, les auteurs s'installent, disposent sur la table les piles de leurs livres, s'indignent que leur éditeur ait omis d'approvisionner l'une de leurs parutions. Les mieux organisés ont apporté un matériel portatif, de quoi confectionner, au gros crayon-feutre, des affichettes qui précisent le prix des volumes et les distinctions qu'ils ont obtenues. Ayant arrangé leur étal, ils bavardent aimablement avec leur hôtesse tout en guettant le chaland.

Les visiteurs arrivent, clairsemés d'abord. Vers 15 heures, le gros de la foule, par groupes, s'organise : on va faire un tour général avant de se décider. On regarde les écrivains sous le nez. On s'esclaffe :

— Il ressemble à une grenouille !

La grande marée de mondanités enfle au fil des heures. Dans une rumeur de bon aloi, dans les effluves de parfums coûteux et de tabac blond, les dames au regard curieux et les messieurs à l'air ennuyé défilent devant les stands, négligeant les auteurs obscurs et les talents méconnus, dévisageant les hommes de lettres célèbres comme des objets dans une vitrine, prenant parfois un livre et le tripotant sans cesser de bavarder, le reposant et s'éloignant, la fourrure frémissante et le veston déboutonné. Les dames atteintes de myopie et qui, par coquetterie, ne portent pas de lunettes, plissent les yeux et font semblant de voir. Des adolescents déférents escortent leurs grands-mères. De très jeunes filles vont par deux, et gloussent. Les messieurs pensent qu'il fait trop chaud.

Les auteurs les plus malins provoquent des rassemblements : lorsqu'ils sont parvenus à accrocher un visiteur, ils prolongent l'entretien, prennent à témoin un couple, entament une discussion, s'éternisent à achever une dédicace. Ils créent un embouteillage afin que les passants, voyant ce monde, s'approchent, curieux de savoir qui, ainsi, attire la foule.

Les comédiens se font la tête de l'emploi et revêtent la tenue qui colle au personnage qu'ils se sont fabriqué. Un écrivain-marcheur siège, vêtu de toile kaki, en chèche et saharienne, les pieds chaussés de pataugas comme s'il arrivait tout droit du Sahara.

Devant la table de Caradet, c'est le vide. Dix pas plus loin, c'est la bousculade. On cherche à voir par-dessus les têtes. Qui est-ce ? Un académicien ? Un homme politique ? Les du Parc savent. Il leur a dédicacé son livre. C'est Brigantin, avec son anneau d'or à l'oreille, ses cheveux en catogan et sa chemise de toile délavée. D'un crayon à bille qui paraît dérisoire dans sa main musculeuse, il signe, d'une écriture laborieuse. En catimini, le forban rigole et feint de ne pas reconnaître dans la foule la silhouette furtive de Jean Léon qui lui a écrit son livre.

Le stand d'Alphonse Saint-Sauveur est désert. Alphonse Saint-Sauveur n'est pas encore arrivé. Mais il viendra à coup sûr. On l'affirme : il l'a promis. Cent admiratrices l'attendent, son livre à la main. Alphonse Saint-Sauveur, de l'Académie française, a tant de charme. Il est si bel homme. Il parle avec tellement de distinction.

— Je ne manque jamais de le regarder à la télévision.

— Il a prononcé une causerie sensationnelle aux grandes conférences du *Figaro*.

— J'ai dîné l'autre soir à côté de lui.

— Avez-vous lu sa dernière chronique ?

Dans un mouvement de houle, la foule s'écarte, comme repoussée par l'étrave d'un clipper : accompagné par une rumeur d'admiration, le voici, affable, teint frais, chemise assortie à ses yeux bleus, toute séduction dehors. Une dame murmure, iconoclaste :

— Il est tout petit.

Il est vrai que le grand homme est de taille médiocre. Mais quelle classe ! Il baise la main de ses hôtesses, enlève le capuchon de son stylo-feutre (le feutre permet de signer plus vite, sans craindre les taches). On se bouscule. On se presse. On admire. On pépie. On tente de capter un instant l'attention de l'écrivain : oui, Alphonse Saint-Sauveur se souvient parfaitement vous avoir rencontré chez les du Bois de Flûte (c'est du moins ce que, poliment, il affirme). Il se réjouit, avec un air modeste, que vous ayez aimé son dernier livre. Il dédicace, sans cesser de parler, sans cesser de sourire. Mais déjà il doit s'en aller. Il s'en excuse. Il le déplore. Il s'éloigne au milieu des murmures de déception. Escorté par ses deux vendeuses qui posent sur lui un regard de possessive affection, il traverse la salle à pas pressés, appelé par son œuvre, par ses obligations, ou peut-être avec l'espoir d'arriver à temps pour la seconde mi-temps de France-Galles.

Les admiratrices refluent vers les autres stands. Voici un champion de boxe, colosse d'ébène à l'ombre de qui s'étiole un jeune homme pâle qu'il présente en riant de toutes ses dents :

— C'est mon nègre !

Un brouhaha, un remous. Les têtes se tournent. Qui est-ce ? Le prix Goncourt ? Un écrivain célèbre ? Non. Une actrice. Elle vient de publier ses mémoires. On se précipite. Elle est belle. Tout à fait comme dans ses films. Les jalouses glosent :

— Quel âge peut-elle avoir ?

Les messieurs trouvent qu'elle a de fort beaux restes.

Avec la feinte simplicité des vedettes, l'actrice joue de ses yeux pervenche et, en comédienne et en grande dame, signe, signe et sourit.

Cette voix ensoleillée, cet accent chantant qui claironne comme les trompettes de la renommée, c'est Prosper Castefigne qui ne craint pas d'agripper les visiteurs jusqu'au milieu de l'allée, proclame ses forts tirages et fait tinter ses rééditions. Entre nous, il ment. Ils mentent tous. Chacun le sait. Voici un livre paru la veille et dont l'éditeur annonce déjà le trentième mille. Sur un ouvrage, une bande annonce : « CENT MILLE EXEMPLAIRES VENDUS. » Une publicité renchérit : « DEUX CENTIÈME MILLE. » Parce que les gogos vont vers le succès, les éditeurs en mal de best-seller doublent les vrais chiffres, confondent tirages et ventes. Puisque chacun double, il faut tripler. Pourquoi pas quadrupler puisque personne ne vérifie ? Les services de marketing poussent au bluff, influencent les listes des meilleures ventes. La pompe est amorcée. À condition que le livre soit bon. Et même... Souvenez-vous de ces ouvrages célébrés à coups de gros tirages annoncés et dont le lourd volume, au bout de cent pages, vous est tombé des mains.

À une extrémité de l'un des salons, au-dessus de la foule, la fumée stagne en lourdes volutes. Ce n'est pas un incendie : c'est Dominique Buci. Le cheveu dru taillé court, le teint mat, la voix rauque, la chemise cravatée de rouge, en costume de velours noir, Dominique Buci allume un cigare après l'autre. Entourée de courtisanes, flanquée de sa compagne, la femme-écrivain signe son dernier pamphlet : *Femmes de tous les pays, unissez-vous !* Ses confrères masculins ricanent. Par jalousie.

Marie-Ange de Saint-Ableiges (Jeannine Merlan pour l'état civil), l'œil bistre ombré par le rebord d'un large feutre blanc, la bouche peinte d'un rouge éclatant, le visage semblant flotter sur une mousse de dentelle, Marie-Ange de Saint-Ableiges reçoit : au milieu d'une cohorte d'amies qui entretiennent un pépiement de volière, elle dédicace son dernier roman d'amour, d'une longue plume d'oie maniée à bout de bras. Ce n'est pas par préciosité, mais à cause d'une inavouable presbytie.

La petite cour jacassante de Mme de Saint-Ableiges déborde sur les stands voisins, dissimule les auteurs qui ont la malchance d'y siéger. C'est ton cas, mon pauvre Étienne : tante Jeanne, qui bridge chaque mercredi avec la présidente de l'Œuvre, a tout organisé. Le prix Guillaume Bidon a fourni l'indispensable caution. Comme aime à le proclamer la présidente :

— Nous avons *tous* les prix.

Tante Jeanne a feuilleté, page après page, son carnet d'adresses, envoyé des cartons à ses amies et relations. Elle a précisé qu'elle vendrait au stand d'Étienne Caradet, auteur du roman L'ILLUSION, prix Guillaume Bidon. Elle a affirmé à son neveu :

— Mes amies viendront. J'achète à toutes leurs ventes, je donne à leurs œuvres. Je fais des cadeaux de mariage à leurs enfants, j'assiste aux enterrements et leurs maris sont en relation d'affaires avec Ray.

Depuis deux heures, pourtant, Étienne, tu te morfonds, assis derrière ta table comme un animal exposé à la foire aux auteurs. Les regards des badauds t'effleurent à peine, les maquignons du succès te soupèsent et jugent que tu ne fais pas le poids. Parfois, une visiteuse prend ton livre, l'ouvre n'importe où sans cesser de papoter, le repose sans avoir lu une ligne.

Est-ce ainsi qu'on juge une œuvre ? Tu t'indignes. Tu t'ennuies. Tu n'oses quitter ton poste : tante Jeanne te l'interdit. Si l'une de ses amies surgissait !

Mais elles n'arrivent pas. Tante Jeanne, vexée, s'irrite de leur trahison :

— Elles m'avaient promis !

En voici une enfin ; elle arrive tard : la maison, les enfants, le coiffeur... Tante Jeanne se précipite :

— C'est gentil d'être venue.

On s'embrasse, on se congratule, on se félicite sur sa mine superbe, on parle des prochaines vacances, des sports d'hiver en Suisse et des plages des Seychelles :

Et la littérature ? Soudain, tante Jeanne s'en avise :

— Je ne vous ai pas présenté notre grand homme : mon neveu Étienne. Son roman est sen-sa-tionnel.

Lève-toi, Caradet. Fais le beau. Donne la patte. Obtiendras-tu ton su-sucre ? Vendras-tu un exemplaire de L'ILLUSION ! Pas tout de suite. Les amies de tante Jeanne, venues en ordre dispersé dans la seconde partie de l'après-midi, la plupart flanquées de leur mari (le match France-Galles est fini), disent qu'elles vont d'abord faire un petit tour. Elles repasseront. Peut-être.

Tu en verras resurgir quelques-unes, les bras chargés des livres de Brigantin et de l'actrice, du roman d'amour de Marie-Ange de Saint-Ableiges et du recueil de chroniques d'Alphonse Saint-Sauveur. Parfois, mais pas toujours, par politesse, elles achèteront ton roman, l'air de dire : « Il est difficile de faire autrement. »

Tandis que ton stock n'a guère diminué, tu observes avec amertume, de l'autre côté de la travée, Louis-Philippe Richard qui a beaucoup vendu : il a eu, lui, le prix Pénélope. Même si elle n'aime pas le livre, la tante

Madeleine n'osera pas le dire, puisque *Les Faux-Sem-blants* a été couronné par ces dames du Pénélope.

Que fais-tu là, Étienne Caradet, proposant timidement à des indifférents ces pages que tu as écrites avec ta passion, ta sensibilité, ton émotion ? Ils passent. Leurs regards glissent sur toi comme sur un meuble. Que fais-tu là ? La vente tire à sa fin, ton calvaire s'achève. Tu as vendu quatre livres aux amies de tante Jeanne. Ce qui créditera ton compte à La Margelle de trente-deux francs de droits d'auteur. Tu as honte, soudain, d'avoir accepté cet avilissement de putain délaissée qui tente de caser ses charmes.

La foule se clairsème. La plupart des stands sont déjà abandonnés. Voici que s'avance une jeune femme. Elle sourit à Étienne :

— J'ai beaucoup aimé votre livre.

Elle ajoute :

— J'espère que vous préparez un autre roman.

Caradet lui rend son sourire.

19

Le vieil écrivain

V A voir Herpin. *Nous étions très liés jadis. Nous
continuons à correspondre. Je lui ai annoncé ta visite.*
C'est ce que Pressagny a écrit à Caradet.
Herpin ! Le grand Herpin. Entre seize et dix-huit
ans, Étienne a lu tous ses livres. C'était l'un de ses
maîtres en littérature. Déranger cet homme auréolé de
gloire, troubler ses pensées, retarder ses travaux,
Caradet ne l'osera jamais. Pourtant, Herpin l'attend.
À la lettre très déférente que lui a envoyée le jeune
écrivain, il a répondu :
*Vous êtes certain de me trouver en fin d'après-midi,
n'importe quel jour. Je ne sors plus guère.*
L'écriture est serrée, les caractères minuscules,
comme pour économiser le papier. Caradet range la
missive, précieuse relique.
L'adresse est celle d'une ruelle étroite et provinciale
du quartier de l'Observatoire. Alors qu'il en approche,
Caradet aperçoit, sortant d'une boulangerie, le grand
homme. Impossible de se tromper : même vieilli,
Herpin ressemble trop aux photos qui figurent sur les
jaquettes de ses livres, qui ont paru dans les magazines,

illustré les anthologies de la littérature contemporaine. Mais est-ce bien Herpin, cette silhouette décharnée au dos voûté sous un pardessus noir sans forme ? Est-ce Herpin qui marche à petits pas fatigués et tient à bout de bras un cabas d'où dépassent deux poireaux ? Étienne rebrousse chemin, fait le tour du pâté de maison afin de lui laisser le temps de le devancer.

L'immeuble relève de ces constructions du style petit-bourgeois édifiées vers la fin du XVIIIe siècle : couloirs étroits, escalier raide grimpant vers les étages. Du rez-de-chaussée, Étienne entend, là-haut, le pas lent du vieil homme peinant à grimper les marches. Il perçoit le sifflement de sa respiration. Il repart faire, pour la seconde fois, le tour du pâté de maison.

Herpin, à plus de quatre-vingts ans, doit chaque jour gravir les cinq étages de son immeuble sans ascenseur. Caradet, qui a soixante ans de moins, en est lui-même tout essoufflé. Herpin, se dit-il, a l'habitude. Et il a atteint un âge auquel on ne déménage plus.

L'écrivain en personne lui ouvre la porte. La tête reste noble, même si le corps est tassé. Le sourire de bienvenue découvre de grandes dents jaunes et dé-chaussées. Herpin, pense Caradet, ressemble à un cheval. Il en a le regard doux, résigné, humide. Le jeune homme de Brioude n'ose examiner son hôte. Il a du mal à réaliser qu'il est en face du célèbre, du respecté Pierre Herpin. L'accueil de l'écrivain est simple, presque timide. Il guide Caradet vers une pièce dont l'unique fenêtre domine trois arbres rabougris, d'où la vue bute sur la falaise en béton d'un immeuble de construction récente.

Est-ce sur cette petite table que sont nés les chefs-d'œuvre que Caradet, comme tant d'autres, a lus et relus ? Les murs, garnis d'étagères, sont tapissés de livres alignés.

— Je ne lis plus guère, révèle Herpin. Mes yeux ne me le permettent plus.

Étienne s'avise aussi que, depuis plusieurs années, le célèbre auteur n'a rien publié. Il s'enhardit à demander :

— Avez-vous un nouveau livre en préparation, monsieur ?

— Je rédige mes Mémoires, mais le travail n'avance pas vite, avoue le vieillard avec un sourire las.

Ce qu'il tait, c'est que depuis plusieurs années son merveilleux don de création a fui, l'imagination s'est tarie. Le conteur d'histoires, l'inventeur de nouvelles, le romancier doit désormais se réfugier dans l'évocation de ses souvenirs qu'il rédige avec lenteur de ses doigts devenus malhabiles.

Tandis que Pierre Herpin va chercher quelque chose à boire, Caradet observe le décor : ce n'est pas celui de la gloire d'un écrivain parvenu au faîte de la notoriété et que seul son mépris des honneurs a écarté de l'Académie. C'est celui de la misère. La soie du tissu sur lequel il est assis est usée jusqu'à la trame. Le tapis est rapé, les peintures ternies. Parmi les livres reliés de la bibliothèque, des interruptions remplacées par des ouvrages brochés révèlent que certains volumes ont probablement été vendus. Lorsque l'écrivain revient, Caradet ne peut s'empêcher de remarquer le costume de coupe surannée, effrangé aux poignets. Herpin porte, sur un petit plateau, deux verres et une bouteille presque vide :

— Depuis la disparition de ma femme, s'excuse-t-il, je suis un maître de maison fort négligent. Il faudra vous contenter d'un fond de Frontignan. À mon âge, on ne boit plus guère d'alcool. Je vais quand même en prendre un peu pour vous tenir compagnie.

Herpin est fier et digne. Aucun de ses admirateurs ne se doute que, depuis une décennie, ses livres ne se vendent plus guère, qu'il n'est qu'une gloire statufiée, un monument au panthéon de la littérature. Même l'éditeur auquel il a été fidèle durant toute sa carrière l'a abandonné. La vieillesse, la sclérose de l'imagination, l'arthrite de ses doigts, la mort de sa femme se sont liguées pour le contraindre au silence. Il paye aussi son refus des compromissions, son esprit d'indépendance. Comme une demeure qui, derrière une noble façade, dissimule son délabrement, Pierre Herpin, sous son nom aux ors ternis, cache une existence difficile, les étages à gravir, l'isolement, le regret des amis disparus, l'amertume de l'oubli des plus jeunes trop occupés à édifier leur notoriété.

Lorsque, au hasard d'une rencontre, Étienne racontera sa visite à Richard, celui-ci ricanera :

— Herpin ? Je le croyais mort depuis longtemps !

Pourtant, Herpin vit. Mal. Il économise ses maigres ressources. Il dîne d'un bol de soupe, déjeune d'un quignon de pain et d'un bout de fromage. Un litre de lait lui dure quatre jours. Parfois tombe l'aubaine de droits inattendus : réédition en format de poche, traduction, reproduction dans une anthologie, commande d'une préface ou d'une chronique. Des fidèles se sont arrangés pour lui faire obtenir un prix pour l'ensemble de son œuvre. La Société des gens de lettres lui verse une modeste rente qui lui permet de ne pas tout à fait mourir de faim.

Caradet, confus de son audace, offre L'ILLUSION au

maître. Il a aussi apporté l'un des romans de Herpin, celui qu'il préfère, tout fatigué d'avoir été souvent lu : le vieillard, penché sur la page de garde, les yeux au ras du papier, trace lentement, caractère par caractère, une dédicace que Caradet conservera avec piété.

Le jeune homme ne s'attarde pas. Il était venu, tremblant d'émotion, admirer un grand écrivain goûtant, au soir de sa vie, les fruits de son talent, et riche, serein, entouré d'affection et de louanges, jetant sur le monde des lettres le regard du patriarche. Il a trouvé la solitude et la misère.

Il s'enfuit.

Il est triste.

Il a peur.

Trêve d'illusion

*P*ASSEZ *me voir. J'ai quelque chose pour vous*, annonce un billet de Cotonnou.

Est-ce la fin de la pauvreté ?

Depuis son installation à Paris, Étienne Caradet vit chichement. Ses minces droits d'auteur sont dépensés depuis longtemps. Ses émoluments de petit prof exigent qu'il économise sur tout, compte chaque franc. Il se nourrit le plus souvent, dans sa soupente, de pain, de fromage, d'un verre de lait : « Comme Herpin », soupire-t-il. L'hiver est venu et, dans la pièce sous les toits, il ne se chauffe guère. Engoncé dans un épais chandail, les doigts gourds, il tente en vain d'écrire. Il se réfugie parfois dans un bistrot, faisant durer un ou deux cafés un après-midi entier. Au moins, il y fait chaud.

La proposition de Cotonnou peut tout changer :

— J'ai un travail pour vous.

La mine gourmande, le directeur littéraire de La Margelle explique que Dupuis a signé avec Brigantin pour la suite de ses souvenirs. Le marin racontera ses histoires au magnétophone. Caradet les rédigera.

Le petit écrivain refuse : le personnage l'agace avec sa truculence, ses exploits imaginaires, ses rodomontades. Étienne n'a pas oublié l'humiliation qu'il a subie à l'émission « Point-Virgule ».

– Ce serait bien payé, fait miroiter Cotonnou.

Mais toi, candide auteur, tu répugnes à manger de ce pain mercantile. Ta vocation, c'est la Littérature, avec un grand L. Sans compromissions.

– Nombre d'écrivains ont fait le nègre, à un moment ou à un autre, argumente Cotonnou. Et, de nos jours, il n'y a plus guère de place pour la création spontanée. L'avenir est aux livres fabriqués sur commande pour une clientèle précise, déterminée en fonction des études de marché. C'est sans doute regrettable, mais c'est à cette seule condition qu'une maison d'édition atteint l'équilibre financier.

Caradet s'indigne. Il a tort. S'il veut vivre de sa plume, il doit utiliser le talent qu'il possède et qui n'est pas donné à tout le monde : rédiger dans une langue correcte, aligner des phrases de façon plaisante. Qu'il fasse comme d'autres, serve de nègre aux illettrés ; produise des textes publicitaires ; fignole les discours des hommes politiques ; collabore aux bulletins édités par les entreprises... Honteusement, clandestinement, il recevra les chèques qui lui permettront de continuer, tant bien que mal, à exister.

Étienne Caradet s'interdit de céder à ces complaisances. Sa plume n'est pas à vendre. Il se préfère créateur famélique. Il pourrait regagner sa Haute-Loire : un poste d'enseignant ou de fonctionnaire y assurerait sa subsistance. Il consacrerait ses loisirs à écrire les livres qu'il porte en lui. Mais, entretenant des espoirs de chance et de rencontres, il croit indispensable de demeurer à Paris, d'y souffrir de la faim et du froid, de traîner dans Saint-Germain-des-Prés ses chaussures qui prennent l'eau, de sentir la rage nouer son ventre vide lorsqu'il passe devant les restaurants où s'engraissent les éditeurs.

Décembre. Un vent glacial fait voler les feuilles mortes. Parce que Linda a protesté qu'elle ne parvenait pas à le joindre, il a fait installer le téléphone, mais l'appareil ne sonne jamais. Les correspondants qu'il tente de joindre ne sont pas là et, malgré les messages qu'il laisse, on ne le rappelle pas. On l'oublie. Les jours et les semaines passent, vides, inutiles. Il cultive une haine injuste, nourrit ses rancœurs du mépris dans lequel, prétend-il, les éditeurs tiennent la piétaille de la littérature, les débutants, les purs, les idéalistes, les croyants. Pendant des mois, grogne-t-il, ces marchands de papier laissent les anxieux dans l'attente d'une décision qu'ils négligent de prendre : sans scrupule et le cœur sec, ils rejettent d'un mot des années d'enthousiasme et d'opiniâtreté ; lorsqu'ils condescendent à dire « oui », c'est pour offrir des sommes dérisoires. Ils savent bien, ces exploiteurs, que les écrivains sont prêts à tout pour être publiés.

Colère et déception : il croyait partager une même passion, dans la grande fraternité des lettres. Il n'a trouvé que l'insolence, l'autosatisfaction, la jalousie, le fiel, l'égotisme, les complaisances, les mesquineries de l'ambition, l'arrivisme.

Écrivain est le dernier des métiers.

Il a faim, les pieds mouillés, et des mots plein la tête.

Chapitre premier

À LA mi-janvier, *L'ILLUSION* s'est dissipée. Évanouie. Disparue. Caradet a beau explorer Paris, le roman ne parade plus sur aucune table. Il est absent à L'Arbre à lettres, à la librairie Tschann, chez Virgin. Étienne doit se donner beaucoup de peine pour en dénicher un exemplaire perdu sur une étagère du Chariot d'Or.

Comment en serait-il autrement ? Chaque semaine se déverse un tombereau de livres nouveaux auxquels il faut faire place. Le libraire n'a pas le choix : il doit gagner de l'espace, tailler des brèches, dégager les comptoirs. Il ne conserve, en piles abondantes, qu'une vingtaine d'ouvrages : parce que l'auteur est célèbre d'une façon ou d'une autre, qu'il a bénéficié d'un bon passage à la télévision ou de critiques chaleureuses, qu'il a reçu la consécration d'un grand prix ou figure sur la liste des meilleures ventes.

L'ILLUSION, comme des dizaines de ses semblables parus à l'automne, n'a pas connu cette chance. Le libraire en a reçu quelques exemplaires, en « envoi d'office ». S'ils ont été vendus, le commerçant, trop heureux de s'en être débarrassé, ne va pas en commander d'autres. S'ils n'ont pas trouvé d'acquéreur, il retourne les volumes à l'éditeur afin d'en récupérer le montant : il a dû les payer et ils ne lui seront remboursés qu'avec un décalage grâce auquel les éditeurs améliorent leur trésorerie.

Il paraît trop d'ouvrages, qui arrivent chaque jour par caisses entières que le libraire n'a parfois pas même le temps de déballer ; quant à les lire, il y a depuis longtemps renoncé.

Dissimulée dans une rue calme, connue des amateurs, fréquentée par les initiés, In-Folio est une librairie à l'ancienne. Circulant avec adresse entre les remparts de livres qui menacent de s'écrouler comme châteaux de cartes, M. Brunoy ressemble à un gros matou châtré. Insomniaque peut-être, M. Brunoy a tout lu de ce qu'il faut avoir lu. Sa clientèle de connaisseurs le consulte :

– Que me conseillez-vous ?

Attentif aux goûts de ses fidèles, M. Brunoy oriente, suggère, recommande, et parfois décourage :

– Ne prenez pas ça. Vous n'aimerez pas.

Le libraire sort ses griffes ou fait patte de velours. Il est sectaire. Il a ses manies et ses préférences. Sa joie est de faire découvrir un chef-d'œuvre ignoré. Certains lecteurs ne partagent pas ses coups de cœur. Qu'importe ! Ce qui intéresse M. Brunoy, ce ne sont pas ses clients, ce sont les livres.

Un magazine littéraire a consacré un article à la librairie In-Folio, sorte de curiosité et survivance d'un artisanat en voie d'extinction.

M. Brunoy a aimé *L'ILLUSION*. Il en a imposé la

lecture à une dizaine de ses pratiques, ce qui ne suffit pas à assurer un succès.

Trois mois après sa parution, L'ILLUSION, balayé par les prix littéraires et les livres-cadeaux, a achevé son existence. À La Margelle, le service des expéditions dénombre les retours. Les comptables dressent le bilan : publié à deux mille exemplaires, tirage minimum pour alimenter les principaux points de vente, et non pas à dix mille, comme Flambart l'avait affirmé avec un aplomb de menteur professionnel, le roman d'Étienne Caradet s'est vendu à six cent soixante-douze exemplaires, ce qui est loin de couvrir l'investissement initial.

– Presque sept cents, c'est très encourageant, se réjouit pourtant Cotonnou. Un premier roman d'un jeune auteur atteint rarement ce chiffre.

Devant la mine déconfite de Caradet, le directeur littéraire rappelle :

– À sa parution, *La Chartreuse de Parme* ne s'est vendu qu'à huit cents exemplaires.

Absent des librairies, L'ILLUSION a-t-il cessé de vivre ?

– J'essaye de le vendre en club à France-Loisirs, affirme Myriam Bee. Votre sujet peut plaire à leurs lecteurs, même si le livre s'est mal vendu en librairie. À Francfort, je l'ai proposé à nos correspondants à l'étranger. Il n'est pas impossible que les Italiens soient intéressés.

Myriam ment-elle, comme les autres ? Linda est sans cesse au téléphone. Jean-Robert Dupuis n'a pas le temps d'écouter des jérémiades d'enfant abandonné. Pour lui, l'auteur de L'ILLUSION appartient au passé. Le présent, ce sont les livres qui sortent maintenant, ceux qu'il prépare pour le printemps, l'espoir qu'il met dans un best-seller de l'été.

On ne l'a pas tout à fait oublié, pourtant : à la fin du mois de février, Étienne Caradet a reçu un carton d'invitation pour la soirée inaugurale du Salon du livre. Sous la verrière du Grand Palais, le Tout-Paris littéraire se presse, se bouscule, s'embrasse, se congratule, dissimule sous des politesses ses haines et ses ambitions. Les éditeurs sur leurs stands accueillent leurs auteurs, leurs invités, les journalistes, les grands libraires, les abreuvent et les nourrissent à coups de champagne tiédi et de canapés au faux caviar et au saumon desséché.

Tu es venu, Caradet, avec ton éternel costume de velours bleu qui fait sourire Linda. Sur le stand de La Margelle, Cotonnou a répondu brièvement à ton salut. Dupuis fait semblant de ne pas te voir. Ils n'ont guère de temps à te consacrer, requis par des visiteurs bien plus importants que toi : auteur à succès, chroniqueur influent, acheteur de grande surface...

Ballotté, négligé, tu erres dans la cohue à travers les allées, te sentant ridicule d'être seul, de ne connaître personne, de ne pas participer au brouhaha des retrouvailles, n'osant te mêler à la foule qui a envahi les stands des Éditions de l'Absolu et de Delmond, apercevant de loin, chez Francitare, Bréval très entouré, très occupé. La tête te tourne de bruit, de chaleur, du champagne que tu as bu le ventre vide. Tu t'enfuis. Tu n'as même presque rien mangé.

Linda, pourtant, t'a demandé de revenir : sur le stand de La Margelle, les écrivains maison sont conviés, à tour de rôle, à dédicacer leur dernier ouvrage.

184

L'attachée de presse a consulté un grand tableau, a fait semblant d'hésiter :

— Quand pourrais-tu être là ?

Elle a tranché :

— De toute façon, il ne me reste plus que mercredi.

Les bons jours, les nocturnes et les fins de semaine, elle les réserve aux valeurs sûres, aux auteurs en renom, aux plus récentes parutions. L'ILLUSION n'appartient plus aux nouveautés qu'il faut s'efforcer de lancer.

Tu t'en rends compte lorsque, au jour convenu, tu retournes au Grand Palais. En t'apercevant, Linda s'empresse d'accrocher une pancarte annonçant que tu signes ton roman. Elle épingle un agrandissement de ton portrait, tu sais, la photo où tu as l'air si emprunté. Tu t'installes derrière la table où s'empilent des exemplaires de ton livre. Tu attends. En vain. Car le mercredi est le jour des enfants. Ils défilent par classes entières, cornaqués par leurs instituteurs qui s'épuisent à tenter de les contrôler. Ils se dirigent vers les éditeurs de livres pour enfants, s'agglutinent autour des stands de bandes dessinées où des illustrateurs tracent devant eux, sur de grandes feuilles, les héros de leurs histoires.

Instruits par l'expérience, les éditeurs ont caché leurs catalogues, rentré leurs livres précieux, mis à l'abri leurs coûteux dépliants, laissant à la portée des amateurs de prospectus les exemplaires périmés.

Étienne s'ennuie. Il tente d'entretenir une vague conversation avec un confrère qui, à ses côtés, partage son pensum. Il guette, en vain, les acheteurs potentiels. Une dame, enfin, s'avance vers lui. Le petit écrivain arbore son sourire le plus avenant pour accueillir, tenter de séduire peut-être, cette possible admiratrice. La dame interroge :

— Pourriez-vous m'indiquer les toilettes ?

En trois heures d'attente, le petit écrivain n'a dédicacé qu'un seul livre. Mais en seconde partie de l'après-midi, la foule pépiante des gamins et gamines laisse la place aux visiteurs adultes. Va-t-il enfin trouver la récompense de sa patience ? Non : il doit céder sa place à Gardineau. Linda s'affaire à sortir les livres de l'historien, rentre dans les cartons les invendus de Caradet, change la pancarte et la photo.

C'est fini.

Trève de naïveté, Caradet. Tu as écrit sur le sable. Tu as lancé ton cri dans le désert. Qui a entendu ton appel ? Qui a découvert l'écrivain que tu as l'ingénuité de vouloir devenir ? *L'ILLUSION* a chu dans un grand vide :

— Au fond du puits, ironise Caradet.

Six mois plus tard, il reçoit une lettre à en-tête de La Margelle :

Cher Monsieur,

Les ventes de votre ouvrage L'Illusion *étant désormais très faibles, nous sommes contraints de mettre les exemplaires restants au pilon. Nous en conservons toutefois un nombre suffisant pour honorer d'éventuelles commandes. Il vous est d'autre part loisible d'acquérir des exemplaires de votre livre au prix de solde, soit quatre francs l'unité.*

Au pilon ! Ces années de rêve et de méditation, ces mois d'efforts, ces phrases ciselées, ces mots choisis ! Étienne en reçoit l'annonce comme un coup de massue. On le trahit. On l'étouffe. On le tue. Avec la fin de

L'ILLUSION, c'est lui-même qu'on assassine. Et il n'a pas les moyens de racheter son œuvre qu'on va détruire.

Pourquoi écrire ? Pourquoi s'obstiner dans ce travail ingrat ? Pour un critique à la facile ironie ? Pour une névrosée de La Roche-sur-Yon ? Pour l'unique lectrice qui lui a dit avoir aimé son livre ?

Déçu, frustré, bafoué, abusé de fausses promesses et de vaines paroles, le cœur blessé de ses illusions perdues, Étienne décide :

— Je leur dirai !

Il ôte le capuchon de son stylo et, au sommet d'une page blanche, écrit d'une main ferme :

CHAPITRE PREMIER

Table des matières

DU MÊME AUTEUR

Romans :

... *et les bisons brouteront à Manhattan* (Julliard).
Brigantin (Arthaud).
La Vie sauve (Lattès). Grand prix de la mer.
Ressac (Lattès). Prix des écrivains bretons.
Amours océanes (Gallimard).
Mer Misère (Seghers, France Loisirs et Folio-junior).
Dauphin d'or du Yacht-Club de France. Prix Jules
Verne.

Humour (aux éditions Arthaud).

Le Coup du yacht (contes).
Vade-mecum du petit P-D.G.
Vade-mecum du parfait médecin.
Vade-mecum du petit yachtman. Prix Scarron.
Vade-mecum du parfait agent secret (avec Jacques
Henri).

Mer

Navigation de plaisance (Flammarion).
Les Grandes Heures du yachting (Laffont). Prix de
l'Académie de marine.
Initiation au yachting (Arthaud).
Au cap Horn à vingt ans (Gallimard).
Guide de navigation de Banyuls à Menton (U. Bär,
Zurich).
Guide de navigation Corse-Sardaigne (U. Bär, Zurich).
Je sais tout sur la mer (Hachette).
Passion de la voile et du large (Arthaud). Ouvrage

couronné par l'Académie française. Prix Étoile de la mer.

Guide Marabout de la navigation de plaisance.

Vagabond et les expéditions polaires d'aujourd'hui (Lattès), avec Janusz Kurbiel.

Initiation à la navigation (Pen Duick).

Mouillages et apparaux (Pen Duick).

Grande croisière (Lattès), avec Dany Barrault.

Le Livre des grands voiliers (Découverte, Gallimard).

Escales : Antilles (Gallimard).

Larguez les amarres ! Guide de grande croisière (Ouest France), avec Dany Barrault.

Récit historique

Le Sacre et la Pensée, de Dieppe à Sumatra en 1529 (Seghers). Grand Prix du livre maritime 1989. Prix du livre de mer du Festival d'Antibes. Prix La Reinty.

Théâtre

La Dernière Parade (carte blanche, France-Culture).

Cet ouvrage a été réalisé par la
SOCIÉTÉ NOUVELLE FIRMIN-DIDOT
Mesnil-sur-l'Estrée
pour le compte de XYZ, éditeur
en janvier 1993

Imprimé en France
Dépôt légal : janvier 1993
N° d'impression : 22772